UMA MANHÃ
GLORIOSA

DIANA PETERFREUND

UMA MANHÃ GLORIOSA

Tradução
Ryta Vinagre

EDITORA RECORD
RIO DE JANEIRO • SÃO PAULO
2011

CIP-Brasil. Catalogação-na-fonte
Sindicato Nacional dos Editores de Livros, RJ

P574m   Peterfreund, Diana
         Uma manhã gloriosa / Diana Peterfreund; tradução de Ryta
         Vinagre. - Rio de Janeiro: Record, 2011.

         Tradução de: Morning glory
         ISBN 978-85-01-09252-6

         1. Relação homem-mulher - Ficção. 2. Novela americana.
         I.Vinagre, Ryta. II.Título.

10-5742.   CDD: 813
                                            CDU: 821.111(73)-3

Título original em inglês:
Morning Glory

Copyright © 2010 by Paramount Pictures Corporation
Direitos de tradução adquiridos mediante acordo com Ballantine Books, um selo
da Random House Publishing Group, uma divisão da Random House, Inc.

Editoração eletrônica: Abreu's System

Texto revisado segundo o novo Acordo Ortográfico da Língua Portuguesa.

Todos os direitos reservados. Proibida a reprodução, no todo ou em parte, através
de quaisquer meios. Os direitos morais do autor foram assegurados.

Direitos exclusivos de publicação em língua portuguesa somente para o Brasil
adquiridos pela
EDITORA RECORD LTDA.
Rua Argentina, 171 - Rio de Janeiro, RJ - 20921-380 - Tel.: 2585-2000,
que se reserva a propriedade literária desta tradução.

Impresso no Brasil

ISBN 978-85-01-09252-6

Seja um leitor preferencial Record.
Cadastre-se e receba informações sobre nossos lançamentos e nossas promoções.

Atendimento e venda direta ao leitor:
mdireto@record.com.br ou (21) 2585-2002.

1

O restaurante parecia projetado para um primeiro encontro. As mesas tinham toalhas brancas, mas o resto da decoração não era excessivamente romântico. O cardápio trazia itens da moda suficientes para indicar que o chefe acompanhava as tendências e o suficiente dos tradicionais pratos prediletos para satisfazer o mais exigente dos clientes. O adesivo do Zagat na porta lhe dava um ar confiável. Parecia elegante e divertido, o que se esperava que refletisse as mesmas características da pessoa que escolhera o lugar — eu. Na realidade, havia apenas um único problema com o restaurante.

Estava fechado.

Bati educadamente à porta de vidro.

— Olá? — chamei. O barman levantou os olhos da taça que polia. Apontei para o meu relógio. — O site de vocês diz que abre às 16h30.

Ele girou a tranca e abriu a porta para mim.

—Você é a nova hostess?

Pisquei para ele.

— Não. Becky Fuller. Mesa para dois às 16h30.

— Ainda nem verifiquei a lista de reservas — disse ele, com um dar de ombros. — Pode entrar, mas não há como arranjarmos um lugar para a senhora em menos de dez minutos. — Ele olhou à minha volta, depois me cravou um olhar crítico. — Onde está seu acompanhante?

Fechei a cara, sentindo-me na defensiva. Eu não parecia alguém que tinha um encontro? Nem às 16h30?

—Vai chegar logo. — Olhei o relógio de novo. — Ainda são... 16h15.

O barman deu um sorriso meio forçado.

— Disso, eu sei. — Mas ele estava me paquerando? Não era uma cantada particularmente boa, mas quem sou eu para julgar! Além disso, era meio estranho, uma vez que eu realmente esperava alguém.

Dentro do restaurante, espremi-me junto à janela mínima perto da chapelaria e saquei o meu BlackBerry.

— Gostaria de uma taça de vinho? — indagou o barman pelo restaurante vazio. Eu estava começando a desconfiar de que ele, se não era o dono, pelo menos gerenciava o restaurante. Por que mais estaria ali totalmente sozinho?

— Por enquanto, estou bem — respondi, meus polegares movendo-se furiosamente pelo teclado.

Depois de um minuto, ele voltou a falar.

— Nós não nos conhecemos?

Levantei a cabeça. Eu não achava que o conhecia. Não era feio, tinha mais ou menos a minha idade, ou talvez alguns anos a mais. O cabelo recuando um pouco, com o correspondente corte espigado e curto preferido hoje em dia pelos homens que estão ficando calvos.

Na verdade, essa podia ser uma boa matéria. "Por que os carecas são legais." Ou talvez algo mais chamativo. Vinculado a celebridades carecas. Bruce Willis. Vin Diesel. Mas o que não nos faltava eram segmentos sobre tendências. Era nas histórias realmente novas que tropeçávamos.

— Becky Fuller — ele refletia em voz alta. — Espere aí, você foi da Fairleigh Dickinson?

Meus polegares pararam e eu o olhei de novo.

— Fui.

— Eu também — disse ele, embora minha mente ainda estivesse vagando. — Ben Smith.

Nada. E o nome comum também não ajudou. Será que eu saí com ele? Tentei imaginá-lo com cabelo.

— Talvez você se lembre do meu namorado — continuou Ben Smith. Tá legal, então *não* era uma paquera. Cara, como eu era ruim em interpretar sinais. Péssima. Fizemos uma matéria dois meses atrás sobre cegueira para fisionomias: as pessoas que não conseguiam reconhecer seus filhos, os maridos, o próprio rosto no espelho. Bom, eu claramente tinha cegueira para paquera.

E provavelmente também não o namorei. Mas a faculdade já passou há muito tempo e, com meu histórico, não me surpreenderia se houvesse alguns gays na lista.

— O nome dele é Steve Jones?

Steve Jones e Ben Smith. Improvável. Eu podia citar cada membro da Câmara Municipal de Hoboken dos últimos cinco anos. Meu BlackBerry tinha o número do reitor de cada instituição de ensino superior, da Berkeley à William

Paterson. Eu podia recitar as estatísticas de cada atleta de Nova Jersey contratado por uma equipe profissional desde a virada do milênio. A não ser que Steve Jones fosse uma dessas pessoas, eu não o conhecia.

— Mas você largou — continuou ele. — O que aconteceu?

Baixei o BlackBerry e hesitei, sem saber se desabafava ou não a história da minha vida com um maître de quem não me lembrava e, aparentemente, sobre a faculdade que eu abandonara. Normalmente, eu é que estaria ali fazendo a entrevista.

A porta do restaurante se abriu e meu acompanhante entrou. Meti o BlackBerry no bolso do casaco e me levantei para recebê-lo.

— Becky? — Ele sorriu. Belo sorriso.

Sorri para Ben, triunfante. Está vendo? *Havia* mesmo um acompanhante.

— É uma longa história — eu disse a Ben, enquanto ele, de má vontade, pegava dois cardápios e nos mostrava nossos lugares.

Por que abandonei a Fairleigh? Porque recebi uma proposta melhor.

Seis minutos depois, eu me perguntava se afinal teria sido melhor ter tomado a taça de vinho com Ben. Agora eram oficialmente 16h30, então o restaurante estava oficialmente aberto e nós podíamos, eu imaginava, fazer oficialmente os pedidos. Isto é, se a garçonete tivesse terminado sua refeição e trouxesse seu traseiro para cá.

Além disso, em seis minutos, meu BlackBerry zumbiu no bolso do casaco não menos do que quatro vezes e exigia toda a minha concentração não atender a seu canto de sereia. Eu precisava era de foco para compensar toda a elegância e diversão que este restaurante aparentemente não tinha às 16h30.

Ben Smith saíra não sei para onde, o que aliviou a pressão que senti de recordar com ele os tempos de estudante dos quais eu mal me lembrava. Mas essa conversa toda podia ter sido mais fácil do que aquela que eu tentava ter — e não conseguia — com meu encontro real.

— Que bom que você pôde me encontrar tão cedo — eu disse, tentando não brincar com os talheres. — Sei que é um horror...

— Ah, está tudo bem — retrucou meu encontro. — Eu... Nunca estive num jantar a essa hora. Pessoal interessante.

De fato, interessante. No canto do restaurante, um duo de octogenários semicerrava os olhos para o cardápio por trás de seus óculos bifocais. Em outro, dois garçons e um ajudante terminavam a própria refeição.

Abri um sorriso forçado.

— Risco profissional. Veja só, eu trabalho no *Good Morning New Jersey* e...

— No Channel 9, não é? — respondeu ele. O nome dele era Jon, mas não, pelo que descobri, Jon-abreviatura-de-Jonathan, o que era meio perturbador. Minha vizinha de baixo armou esse encontro. Jon trabalhava no escritório dela. Era novo na cidade. O de sempre.

— Exatamente, e entramos no ar muito cedo, por isso vou dormir com as galinhas. — Por que não simplesmente

John? Eu era Becky, e não Beccie, Beki ou qualquer outra esquisitice. Depois que as pessoas ficavam criativas com os apelidos, as coisas sempre desandavam nos teleprompters. Bom, não haveria problema com Jon, mas ainda assim...

Meu BlackBerry começou a zumbir de novo. Eu podia senti-lo ronronando no bolso do casaco. Sei que parece loucura, mas acho que desenvolvi um sexto sentido para essas coisas. Era um ronronar particularmente desesperado.

— Desculpe, tenho que... — Eu o peguei e olhei o visor. — Estou trabalhando numa matéria sobre a infestação de mosquitos em Ho-Ho-Kus, perto de... — Li o e-mail e fiz uma careta. Será que Anna achava que eu era uma espécie de Wikipedia? Olhei para Jon. — Os mosquitos mordem ou picam?

— Não sei bem — respondeu Jon. — Mas, quando morei lá, eu tinha certeza de que os mosquitos de Ho-Ho-Kus praticavam artes marciais.

Que gracinha! Ele era uma gracinha. E paciente. Dei uma olhada no e-mail — preferi "morde", a propósito — e coloquei o BlackBerry sobre a mesa.

— Tudo bem, assunto encerrado.

— E então — disse Jon, com os olhos brilhando. — Estávamos falando sobre sua hora de dormir.

Boa jogada, moço. Mas eu continuei na minha.

— Bom, antigamente acordávamos às 5 da manhã, mas, depois que a emissora foi comprada por uma megaempresa e eles decidiram exibir nosso programa em vez de infomerciais, já que geramos uma receita um pouco maior, agora começamos às 4 da manhã.

— Que chatice!

Lá veio o BlackBerry de novo, sacudindo-se pela mesa como uma barata eletrônica. Eu o peguei.

— Deixa eu só... — eu disse enquanto Jon erguia uma sobrancelha para mim por sobre o cardápio. Está certo... uma vez dá para passar. —Vou desligar.

Isto é, assim que verificar o visor. Ah, droga! Anna.

— Mil desculpas — eu disse a Jon pouco antes de atender. — Só deve levar dois segundos... Oi.

— Becky — ouvi a voz de Anna. — Eu não queria interromper, mas, por favor, me diga que recebeu o último e-mail.

— Ele confirmou para amanhã — informei. — Eu te mandei a lista de perguntas.

Jon virou uma página do cardápio. As sobremesas? É mesmo? Mas ainda nem pedimos a comida!

— E temos que fazer algum... — continuou Anna.

— Já puxei a sequência sobre a pesquisa de mosquitos em Weehawken, dois anos atrás. Entãotáagoratchau! Use spray repelente! — desliguei, voltando-me para Jon, sorrindo e pedindo desculpas. — Eu sei, é bem irritante quando as pessoas fazem isso. Dá até vontade de pedir a conta.

— Não... — disse Jon.

— É que é um emprego que consome todo o meu tempo, sabe? Mesmo numa emissora local. Quer dizer, não somos nada especiais, até parece que somos do *Today*. Eles são padrão ouro.

— Sério?... — balbuciou Jon.

— Totalmente. E somos só... Mas então, me desculpe por isso. Não vou voltar a tocar nele.

Jon parecia cético. Merda!

— Este lugar é bonito, né? — tentei. — Me faz lembrar do Matthews, em Waldwick, sabe qual? Íamos lá quando eu era criança.

— Não me é familiar... — disse Jon.

— Eu sempre pedia waffles belgas — continuei, incapaz de me conter. Além de cega para paquera, ao que parecia, eu também apresentava deficiência de humor. Não admirava que eu gostasse de ficar *atrás* das câmeras. — E então meu pai morreu quando eu tinha 9 anos e minha mãe se mudou para a Flórida há cinco anos, por causa da flebite... Ao que parece, o sangue coagula de um jeito diferente na Flórida...

Jon me olhava, tão desnorteado com minha tagarelice quanto eu.

— Mas então — eu disse, recuperando o controle da situação. — O que você faz?

Ele hesitou por um segundo.

— Trabalho com marketing. Para uma seguradora.

— Ah — exclamei com o maior entusiasmo possível. — Que... legal!

O BlackBerry recomeçou a fazer sua imitação de inseto, levando um prato a tremer para a beirada da mesa. Peguei-o no ar.

— Ai, meu Deus, é meu chefe! Tenho que...

Jon abriu o cardápio de novo.

— Eu posso... ligar para ele depois.

Ele foi para a página "Sobre nosso chef", o último refúgio dos verdadeiramente entediados.

— Não, não. Atenda.

— Sério? — Fiquei radiante. — É só um minutinho, eu prometo. — Saí da minha cadeira e atendi. Era melhor que valesse a pena: Jon estava ficando cada vez mais inquieto.

— Só o que quero saber, Becky — disse Oscar —, é se você conseguiu aquele CEO.

Lancei um olhar para Jon, que observava os octogenários discutindo se pediam salada de beterraba ou chicória grelhada. Talvez invejasse o astral de companheirismo dos dois. Droga, eu era péssima em encontros.

— Deixei três recados com o advogado dele — respondi.
— E, se não retornar a ligação, vou ficar plantada na frente do escritório dele.

Era mais fácil resolver matérias do que encontros.

Jon fez um sinal para o garçom.

— A conta, por favor.

Muito mais fácil.

Meus olhos se abriram assim que o despertador tocou: uma e meia da manhã. Mais um dia. Estendi a mão para pegar o controle remoto da televisão na cômoda. *Good morning, CNN.*

Liguei a TV na minha estante. *Guten tag, MSNBC.*

E aquela que enfeitava a arca na ponta da cama. *Tudo bem, Fox News. É sua última chance. Mostre-me algum amor ou eu vou te trocar pela C-SPAN. E desta vez estou falando sério.*

Escovei os dentes com um olho no estado das minhas gengivas e outro no reflexo do aparelho de TV da estante no espelho do banheiro. Todo um monte de nada nesta manhã. Seria melhor que os outros produtores viessem com a história dos mosquitos, principalmente depois que estragaram meu encontro com Jon.

Ele também foi um amor. Por conta do meu horário, era raro conhecer alguém fora das áreas de segurança noturna ou entrega de jornais. Teve um padeiro legal de Hoboken, dois anos atrás, mas eu engordei uns 7 quilos quando o namorava. Eu não comia desse jeito desde que saí da faculdade.

Uma barra de notícias de última hora piscou na tela da CNN. Eu girei, de escova de dentes na boca e tudo, para pegar os detalhes. Peraí... Um acidente de carro em Phoenix? Deixa pra lá. Em Atlanta devem ter uma definição ampla para o termo "notícia".

Vesti-me, peguei a pasta do computador, a bolsa, a sacola com as minhas coisas da academia, minha outra sacola com as pastas sobre matérias em curso e meu casaco. Enquanto colocava a chave na fechadura da porta, encontrei Jim, meu vizinho, que claramente voltava do passeio do xixi com seu Puggle.

— Boa-noite, Jim — cumprimentei, descrevendo um amplo arco para evitar seu cachorro.

— Bom-dia, Becky — respondeu ele.

E essa era a minha vida. Jantares às 16h30, na cama às 20 horas, acordada à 1h30 e pronta para partilhar matérias importantes com o mundo.

Isto é, num dia perfeito. Às vezes, o que importa acaba sendo mais os melhores lugares para comprar frango orgânico do que o verdadeiro jornalismo agressivo. Mas quem pode dizer que a informação sobre os frangos não é completamente relevante para a dona de casa em Edgewater? Não existe uma lei que diga que todas as notícias devem tratar do Iêmen ou da Coreia do Norte.

No carro, comecei a vasculhar as emissoras de rádio. Soft rock, propaganda, um programa cristão com participação dos ouvintes... Ah, noticiário. Previsão do tempo, trânsito, tudo já coberto, aliás coberto ontem, espere aí... O que Kim Kardashian veste mesmo? Hummm. Será que vale um segmento sobre moda?

Não. Mais uma dessas, não. Alguém me dê uma notícia de verdade. *Fale comigo, NPR.*

Parei para comprar os jornais e cheguei ao estacionamento do Channel 9.

Minha amiga e coprodutora, Anna Garcia, me abordou subitamente assim que entrei no prédio. Eu esperava que não fossem mais perguntas sobre mosquitos.

— E aí? Como foi o encontro?

Alguns anos mais nova do que eu, Anna tinha a vantagem de ainda pensar que cada encontro às escuras tinha potencial para ser O Encontro. No entanto, era mais fácil agir assim quando se era Anna Garcia. Tinha cara de anjo e uma queda por monogamia serial. Durante todo o tempo que a conheço, nunca ficou sozinha por mais de um mês, no total.

Talvez eu devesse mentir e envolvê-la na maravilhosa história sobre minha noite épica. Talvez eu devesse dizer que só cheguei em casa de madrugada... Tipo 9 da manhã.

— Muito bom — eu disse. — Ele era legal. A gente, humm, meio que se entendeu bem. — Ou assim foi, até que comecei a olhar meu BlackBerry a cada dois segundos, como uma doida.

Anna me olhou, cética.

— Você olhou seu BlackBerry a cada dois segundos como uma doida?

— Olhei — confessei. — Mas fiz isso de um jeito muito charmoso.

Anna deu um sorriso duro. É, eu também não engoliria essa.

2

Na reunião da equipe, observei pela mesa o habitual mar de olhos baços. Entenda que algumas pessoas são mais eficientes do que outras em acostumar-se a seus horários de trabalho. Enquanto eu marcava encontros em jantares a tempo de pegar a edição dos madrugadores, alguns colegas meus ainda agiam como se estivessem de férias em Barcelona. Pensemos em Sam, por exemplo. Sam deve ter ficado acordado até tarde ontem, vendo o jogo. Não importa que jogo. Se, por algum esforço de imaginação, puder ser chamado de esporte — de futebol a nado sincronizado e provas de agilidade canina —, Sam tem todo o interesse do mundo. Por ironia, ele mesmo não consegue fazer um drible no basquete, o que sempre foi uma decepção constante para alguém que tem aparência para torneios de amadores ou de uma liga oficial, como Sam, com seu 1,93m. A vantagem disso é que sempre podemos contar com ele para completar nosso horário com matérias sobre esporte. Quanto tempo será que Sam vai durar no Channel 9? Ele é bom demais para esse programa.

E eu acreditava que ele não era o único desse jeito.

— Becky? — chamou meu chefe, Oscar. — Por que não começa com o que você tem?

Deslizei minha pasta mais recente.

—Temos uma campeã estadual de soletração...

— Campeã de soletração? — perguntou, em dúvida, um dos outros produtores.

Ah, espere só.

— Uma campeã de soletração que é *surda* — esclareci. — Ela é surda, entendeu? E não consegue ouvir uma só palavra, então falam com ela na linguagem de sinais e ela *soletra* para eles *com as mãos*. É uma ótima matéria.

Oscar não pareceu se comover.

— Mas se ela está sinalizando e é um concurso de soletração, como o público vai saber se ela está certa?

Bingo. Eu sorri.

— Ela tem um irmão. Ele traduz.

Oscar assentiu uma vez.

E eu ainda nem havia chegado à parte realmente boa.

— Ele é gago.

Os olhos de Oscar se iluminaram.

— É de chorar — garanti. Todo mundo choraria. Eu via os Emmys para o *Daytime* piscando na cara de Oscar.

— Parece sensacional — disse Oscar. — Vá em frente. Agora, quem está trabalhando naquela matéria do Conselho de Educação?

Eu me manifestei mais uma vez.

—Vão fazer uma reunião no dia 8. Vou até lá. Parece que pode haver algumas demissões em Newark.

— Ótimo. — Oscar virou-se para Sam. — E como estamos com a corrida de cavalos por controle remoto na terça-feira?

— Já preparamos tudo — eu disse ao mesmo tempo que Sam.

Oscar ergueu as sobrancelhas.

Sam deu de ombros.

— Eu, hã, pedi a Becky para ajudar, uma vez que ela já fez isso muitas vezes.

— Vamos alugar um minissuporte de câmera — eu disse. — É mais barato e podemos nos aproximar mais da ação. Eu estava até pensando na possibilidade de arrumarmos alguém da *winner's circle* e...

— Que ótima ideia! — disse Sam. Ele adorava *winner's circles*. — Mas como vamos...

— Só vamos mandar a equipe passar por baixo das cordas, depois tentar conseguir uma entrevista com o jóquei vencedor.

— Ou com o cavalo — cochichou Anna.

Eu a chutei por baixo da mesa.

Depois da reunião, passei pela sala de controle do estúdio para verificar a transmissão. O Channel 9 não era o que se chamaria de emissora comercial de ponta. O cenário era um pouco *Mad Men* demais para meu gosto. Mas, como não fazíamos uma reforma há meio século, eu devia poder curtir as vantagens de ser retrô-chique.

Atrás do nosso âncora, Ralph, eu via uma tira de tinta descascando ao fundo.

Não seria isso um retrô-chique *caído*?

Ralph era outra relíquia. Apresenta o telejornal daqui há pelo menos cinco perucas, se pudermos acreditar nos registros de cabelo e maquiagem. Ele também é sólido como uma rocha e diz coisas como "Bom-dia, Nova Jersey, são 4h38 da manhã", como se fosse a primeira vez, e não a quatrocentésima, que anunciava no ar que eram 4h38.

"Dando uma olhada rápida no trânsito", dizia Ralph, "o túnel Holland ainda está interditado devido ao capotamento de uma carreta na pista direita. Segundo as autoridades, será liberado dentro de uma hora..."

Sua coâncora, Louanne, era outra história. As coisas não eram as mesmas no programa desde que ela deu à luz aqueles gêmeos há oito meses. Eu estava louca para que chegasse a época em que o bebê Oliver e a neném Madelyn começassem a dormir a noite toda. Mais sono para eles significava menos sono — *no set* — para Louanne. E por falar nisso...

— Ah, meu Deus, de novo não! — Ela estava cochilando no ar. Ou não, espere aí — como foi que o médico dela chamou depois da última análise de desempenho? Microssonos, é isso. Ah, tanto faz!

Cochichei ao diretor.

— Feche em Ralph. — Apertei o botão para os fones do gerente de palco. — Fred — eu disse. — Prepare-se, rápido.

A cabeça de Louanne começava a tombar de lado.

"... mas até lá", dizia Ralph, "espere atrasos de Ridgefield Park à Route 78. E aqui terminamos com o trânsito e a previsão do tempo. Em seguida, conversaremos com um especialista que afirma que as vitaminas em nosso armário de remédios podem estar cheias de toxinas. Fique conosco e veja os riscos ocultos em sua casa."

Um bloquinho de notas zuniu pela mesa, acertando em cheio na lateral da cabeça de Louanne. Ela despertou num sobressalto.

Fred estava na beira do palco, com um lápis na mão e uma maçã na outra, pronto para atirar aqueles mísseis se o aviso do bloquinho não adiantasse de nada.

Adequadamente repreendida, Louanne sorriu para a câmera.

"Tudo isso e uma olhada nos esportes no próximo bloco."

Balancei a cabeça e apertei de novo o botão do ponto.

— Bela pontaria, Fred, você é o máximo.

Um máximo que deve ter feito a pintura do set nos anos 1960. O Fred grisalho me abriu um sorriso duro e fez malabarismo com a maçã e o lápis.

— *No problemo.*

Anna acenou para mim do set do tempo e eu a encontrei assim que o muito branco Harold, o Meteorologista Hip-Hop, começou sua arenga.

"Vem água por aí, e se você vai sair, compre uma capa, e um casaco pro teu brother..."

Anna estremeceu.

— Fala sério, com esse cara?

Dei de ombros.

— As pessoas o adoram.

"Vai clarear mais tarde, e mais quente vai ficar...", disse Harold, num rap. Só Deus sabia por que, mas as pessoas *realmente adoravam* Harold.

— Eu sou uma pessoa — grunhiu Anna. — E não o adoro. E "tarde" não rima com "ficar".

— É assonância. — Tombei a cabeça de lado para Harold enquanto ele avisava aos telespectadores que cancelassem a caça aos patos devido à aproximação de uma frente fria.

— E "mais quente vai ficar"? — disse Anna. — Ultimamente, ele anda meio Yoda.

Suspirei.

— As pessoas também adoram o Yoda.

— Mas então — disse Anna —, soube que conseguiram aprovação do orçamento para promover alguém?

Perdi completamente o fio das rimas do homem do tempo.

— Como é? Como soube disso?

— Falei com Raymond, do RH. — O Raymond do RH faria qualquer coisa por Anna. Raymond não parecia perceber que Anna só o namoraria depois que uma pandemia internacional eliminasse 98 por cento da população masculina. Raymond, na verdade, era uma gracinha, mas provavelmente só namoraria *a mim* se uma pandemia internacional eliminasse 98 por cento da população *feminina* do mundo. Isso por conta de uma longa discussão que tivemos sobre a minha recusa em contratar alguém que ele me mandou que pronunciava "Alannic City" em vez de Atlantic City.

— Ele disse que a empresa está reorganizando todas as emissoras e vão nos dar orçamento para um produtor sênior.

Harold, o Meteorologista Hip-Hop, finalmente pode ter achado uma rima para South Orange e eu nem percebi naquele momento.

— Peraí um minutinho — eu disse. — Tem certeza?

Anna abriu um amplo sorriso.

— Ele disse que puxaram sua ficha de emprego. Você vai conseguir, Becky. Finalmente vai pegar O Cargo.

O Cargo. Aquele que eu queria desde que saí da Fairleigh Dickinson para o Channel 9. Meu próprio programa. Meu próprio estúdio. Produtora sênior de *Good Morning, New Jersey*. Meu próprio reinado. Ou rainhado. Ou algo assim. Ai, meu Deus!

Flutuei de volta para as câmeras, perto da mesa. Minha mesa. Minhas câmeras. Talvez eu conseguisse que repintassem o cenário. Perguntei-me que aumento eu pediria. Não muito, em virtude do nosso orçamento microscópico, mas ainda assim...

O comprimido de cafeína de Louanne parecia ter surtido efeito.

"A polícia afirma que o cão foi roubado da pet shop enquanto os funcionários limpavam as gaiolas."

É claro que era pouco surpreendente que ela dormisse com matérias desse tipo.

"O filhote, um cristado chinês, vale mais de 600 dólares e atende pelo nome de 'Manchu'."

Havia outra mudança que eu podia fazer depois que virasse produtora executiva. Matérias melhores, com mais conteúdo.

Oscar apareceu enquanto eu via a transmissão com um olho nas melhorias.

— Oi, Becky. Pode ir à minha sala logo depois do programa?

Esforcei-me para aparentar surpresa.

— Hein? Eu? Sim, claro.

Virei-me para os monitores, tentando pegar meu reflexo. Meu cabelo estava bagunçado? Eu tinha batom nos dentes? Queria estar o mais bonita possível para O Momento em Que Consegui o Cargo. Ah, se meu pai estivesse vivo para ver esse dia! Quando eu era pequena, costumávamos ficar juntos, assistindo ao noticiário toda noite. Meu pai e eu, e na TV Mike Pomeroy, o velho âncora do noticiário da IBS. Para meu pai e para mim, ele era o melhor âncora de todos os tempos. Que pena ele não estar mais no ar!

No corredor, quando eu ia para a sala de Oscar, fui interpelada por Anna e alguns outros produtores.

— Espere um minuto, Becky — disse Anna, enfiando uma sacola de presente para mim. — Nós achamos que você pode precisar disto.

Futuquei o papel de seda.

— É melhor que não seja uma caixa de camisinhas de novo. Ainda tenho a antiga. — Abri a bolsa e tirei uma camiseta. Caracteres imensos na frente diziam "ACEITO!".

— Aiii, gente. Isso é um amor.

— Vista — Anna tentou me convencer.

— Não — eu disse, embolando a camiseta de novo. — Não posso. Seria esquisito demais.

— Anda — disse Anna. — Temos orgulho de você. E esperamos que um dia, quando você for uma grande estrela do *Today*, ainda responda a nossos e-mails.

Eu ri. O *Today*? Não era provável. Mas eu aceitaria o *Good Morning, New Jersey* e ficaria feliz com ele.

— Anda — repetiu Anna. — O Oscar vai adorar.

Eu ri e fui ao banheiro. Atrás de mim, ouvi um dos outros produtores cochichando com Anna: "Ela *vai* conseguir, não é?"

"Ah, meu Deus, espero que sim", foi a resposta de Anna.

Decidi fazer eu mesma minhas orações.

Oscar tinha a sala mais bonita do Channel 9. Na verdade, Oscar tinha a única sala do Channel 9, enquanto o restante se virava em cubículos. Perguntei-me se também teriam orçamento para uma sala de produtora sênior, agora que tinham orçamento para um novo produtor sênior. Havia um armário de suprimentos vazio no segundo andar. Sem janelas, mas eu já o via redesenhado. Comecei a quicar, depois me contive. Fique fria. Calma. E seja profissional.

Fechei mais meu blazer sobre a camiseta que Anna me fez vestir e entrei na sala.

Oscar estava à sua mesa e levantou a cabeça quando entrei.

— Becky...

— Eu mesma — guinchei, depois tratei de me controlar. — Quer dizer, você sabe disso. Deixa pra lá, eu... — Arriei na cadeira na frente dele e respirei fundo várias vezes. *Procure parecer uma produtora sênior, sua debiloide.*

Oscar não pareceu perceber meu fiasco.

—Você é uma produtora incrível, sabe disso, não é?

— Bom, eu me esforço — eu disse, sem jeito. É claro que *eu sabia*. A questão era, *ele* sabia? E estava disposto a reconhecer?

— Sim, é mesmo — disse ele. —Você se esforça de verdade. E está aqui há muito tempo. Começou como estagiária quando tinha o quê?

— Dezessete anos — respondi. Lealdade à empresa. Confiança. Experiência. Dedicação. Vote em Becky Fuller para Produtora Sênior!

— Dezessete anos. — Oscar balançou a cabeça, incrédulo. Exatamente. Não se vê uma relação tão longa hoje em dia. Eu era o Channel 9: nascida e criada aqui. — E sempre se destacou — completou ele.

Assenti com modéstia.

— Obrigada.

Ele ficou em silêncio por um instante, sem dúvida desejando prolongar a expectativa do Momento em Que Consegui o Cargo. Abri para ele meu sorriso mais encorajador, aquele que eu usava com os entrevistados relutantes. Ele se levantou e foi até a janela.

Endireitei-me na cadeira e abri os botões do blazer. Oscar ia quicar com essa. Íamos rir disso em sua festa de aposentadoria daqui a dez anos. Entraria para a história do Channel 9. A Produtora Sênior Que Aceitou Seu Novo Cargo Usando uma Camiseta. *ACEITO!*

— E veja você, Becky — dizia Oscar, ainda de frente para a janela.

Lá vem. Lá vem. Abri os braços. Tan-taaaan! *ACEITO!*

— Temos que dispensar você.

ACEI... Eu arfei. Como é? *Não.* Não era isso que ele devia dizer. Comecei a fechar meu blazer com força.

— Eu sinto muito mesmo, Becky — Oscar se virou e me viu lutando para fechar o blazer em volta da camiseta. — O que você...

— Eu... — Fiquei sufocada. — Eu não entendo.

Oscar começou a falar rapidamente.

— A corporação quer que reduzamos nossas despesas. Estamos fazendo grandes cortes.

Grandes... Ah, meu Deus!

— E querem que eu contrate um produtor sênior com mais experiência empresarial para gerenciar um enxugamento do programa. Mas isso significa que não podemos manter todo mundo.

Um enxugamento do programa? Do *meu* programa? Eu não estava sendo promovida? Eu estava sendo... *enxugada?*

Por que isso não significava o que parecia?

Tentei respirar, mas saiu mais como um engolir em seco.

— Mas você disse a eles que não pode fazer isso, não é? Disse que não pode fazer porque... Porque eu estou aqui há muito tempo, e trabalhei tanto, e conheço o *Good Morning, New Jersey* como se fosse meu filho... — Quer dizer, se não fosse pelo *Good Morning, New Jersey*, talvez eu *tivesse* um filho.

— O nome dele é Chip — disse Oscar.

Chip? *Chip?* Vão dar o emprego dos meus sonhos para um ordinário chamado Chip?

— E ele começa na segunda-feira.

Eu despenquei, impotente diante dessa notícia.

— Ele tem MBA e é formado em jornalismo pela Columbia.

Caramba. Isso era muito bom. Quer dizer, nada comparado com os anos na Fairleigh Dickinson e a merda de uma *vida inteira vertendo sangue, suor e lágrimas neste mesmo estúdio*, mas veja só. Muito bom. Será que esse Chip supostamente fabuloso já veio a Nova Jersey uma vez na vida? Será que entrevistou Bon Jovi na inauguração do Prudential Center? Será que alguém com um nome como Chip sequer sabe quem é Bon Jovi?

— Estão preparando Chip para administrar toda a emissora daqui a alguns anos. Queria poder manter você, Becky... Mas com sua antiguidade no cargo...

Minhas entranhas pareciam ocas. Olhei, chocada, para Oscar. Ele também me olhava, a patética de pouca instrução, com uma camiseta idiota, esperanças idiotas e uma década idiota vivendo para essa porcaria de lugar. Eu não suportava ser olhada desse jeito. Afundei o rosto nas mãos.

— Merda — murmurei junto às palmas das mãos. — Merda merda merda merda merda!

— Ah, Becky — disse Oscar. — Eu lamento. Briguei com eles o máximo que pude.

Ele contornou a mesa e pôs a mão no meu braço. Provavelmente pretendia ser reconfortante, mas caiu ali como um peixe morto e frio.

— A única coisa que me agrada nisso — disse ele — é que eu sei que você vai cair de pé.

Ora, que bom que isso agrada a *você*, eu quase rebati, mas para mim era uma tremenda cretinice. Só que não teria sido nada profissional. Não teria sido digno de alguém que devia "cair de pé".

Rá! Nesta economia. Com uma formação acadêmica que aparentemente não era boa o bastante nem para garantir a segurança num emprego que tenho desde antes da minha maioridade legal.

— Eu? — consegui responder. — Mas é claro. É, sem dúvida alguma. — Só preciso dar uma incrementada no meu currículo. Em outras palavras, *preparar* um currículo. Ou seja, *aprender* a preparar um currículo.

Mas que *merda!*

3

Andei meio trôpega pelo corredor, meio cega por conta das lágrimas que eu não conseguia conter. Demitida. Fui demitida. Ou dispensada? Ou... Eu não tinha emprego. Tanto fazia.

Amanhecia em Nova Jersey e eu não tinha emprego.

Anna esperava em meu cubículo com uma camiseta que dizia VAI FUNDO, BECKY! Bom, pelo menos nessa parte ela acertou. Eu iria fundo, bem fundo mesmo.

— O que foi? — perguntou Anna, o sorriso desbotando de seu rosto enquanto ela dava uma boa olhada no meu.

Dei-lhe todos os detalhes e vi sua expressão ir do choque ao horror, chegando à confusão.

— O que você vai fazer? — perguntou ela. A parte não dita da pergunta ficou suspensa no ar: o que você vai fazer se nem mesmo este lugar quer ficar com você?

— Vou arrumar uma caixa — respondi. — E vou esvaziar minha mesa. E você vai me ajudar.

Ela assentiu, melancólica.

— Tudo bem.

— Mas, primeiro — fiz uma careta —, vamos trocar de camiseta.

Depois de mais de dez anos de emissora, eu tinha muitas coisas para colocar no carro, e exigi a ajuda de todo mundo que encontrava com aquela camiseta idiota VAI FUNDO, BECKY! Oscar me deu o pagamento de seis semanas, mas permitiu, *ah-que-generosidade*, que eu não cumprisse as seis semanas de trabalho correspondentes, dando-me tempo para encontrar um emprego novo.

Um emprego novo, longe do Channel 9. A ideia era inconcebível. Para onde eu iria se não fosse para este lugar? Quem eu seria? Eu estava empregada no Channel 9 desde antes de minha mãe vender a casa e se mudar pra Sunshine State. Eu estava no *Good Morning, New Jersey* desde o ano em que perdi minha virgindade. Eu era estagiária da produção aqui quando outros da minha idade dobravam suéteres na Gap. Provavelmente nem me contratariam na Gap, porque a única coisa, a única coisa mesmo que eu sabia fazer era produzir o noticiário da manhã.

O que eu iria fazer agora neste mundo?

Tentei esconder meu pânico enquanto Anna se aproximava, depois abri meu sorriso mais corajoso. Ela simulou um cumprimento.

— Tudo empacotado, chefe.

— Ótimo — eu disse. Respirei fundo. Pronta para ir a lugar nenhum.

— Você vai se dar bem — disse ela. — Eu sei que vai.

Dei de ombros, como se não tivesse percebido que toda a minha vida profissional estava em frangalhos.

— Sabe de uma coisa? — perguntei. — Na verdade, é uma boa notícia.

— Claro — disse Anna, sem se mostrar convencida.

—Tem um monte de oportunidades incríveis lá fora.

— Mas é claro que sim — concordou ela, embora nós duas soubéssemos que aquilo era um monte de asneira.

Eu me debatia.

—Veja só o Chip. Ele conseguiu.

— Humm... É — disse Anna.

Ficamos paradas num silêncio constrangedor por alguns minutos.

— Na realidade — eu disse, tentando ao máximo me animar —, era exatamente disso que eu precisava. Um empurrãozinho para sair do ninho. Fiquei aqui por tempo demais.

— É isso mesmo. — Anna deu um soco no ar, esforçando-se ao máximo para me dar apoio.

Peguei minha última caixa.

— Preciso partir para o nível seguinte.

— Com certeza.

—Talvez em uma rede nacional de TV.

— Sem dúvida alguma.

—Afinal — eu disse —, é só trabalho. Não é minha vida inteira, né?

Anna abriu a boca para concordar comigo de novo, mas dessa vez não saiu nada.

Na manhã seguinte, à 1h29 da madrugada, meus olhos abriram no escuro. Sentei-me ereta na cama e pisquei até que consegui distinguir os detalhes do meu quarto. O brilho da televisão em minha cômoda, a outra em minha estante, a terceira na minha arca. Tudo escuro e silencioso. Olhei os números cintilantes do relógio, que viravam para 1h30. Não aconteceu nada. Nenhum despertador. Nem música. Nenhum noticiário para começar o dia. Eu não tinha motivo para estar acordada. Não tinha nada para fazer!

Estendi a mão e acendi a luz, depois cruzei as mãos no colo. Nadica de nada para fazer.

Meu laptop estava na mesa de cabeceira. Eu estivera trabalhando no meu currículo na noite anterior, antes de ir dormir. Não havia lá muito conteúdo. Uma empresa, vários cargos, uns poucos prêmios de TV locais. Oscar me daria uma referência excelente, eu sabia. O truque seria traduzir isso em oportunidade.

Cliquei nas páginas de noticiários dos meus favoritos simplesmente por hábito, perguntando-me se deveria ligar para Anna para saber se estavam cobrindo aquele pequeno tremor de terra em Nevada. Mas eu tinha certeza de que estariam. Além disso, ela provavelmente me daria uma bronca por não aproveitar a oportunidade para dormir.

Se houver um paraíso, meu pai deve estar lá balançando a cabeça para mim. Sei que minha mãe estaria, na Flórida. Ela não disse muita coisa quando saí da Fairleigh para assumir o cargo de assistente de produção todos aqueles anos atrás. Afinal, ela nunca foi a uma universidade, a grana ficou apertada depois da morte de meu pai, e mais valia um pássaro na mão do que dois que podiam estar de tocaia quando eu e os outros formandos em comunicação da Fairleigh Dickinson conseguíssemos nosso bacharelado. Nós duas entendíamos que eu estava saltando à frente da concorrência. Pelo menos, foi o que pensamos na época. Ao que parecia, eu teria dado um salto maior se tivesse uma pequena reserva financeira e dez anos para me arranjar com um MBA numa universidade da Ivy League e um diploma de jornalismo. O que era uma experiência no mundo real, em comparação com uma fileira de letras depois de seu nome?

"Experiência no mundo real." Não era tudo com o que eu sonhava dos telejornais na época, vendo as notícias da noite com meu pai. Eu vi Mike Pomeroy quase explodir em pedacinhos no Kosovo. Olhei, extasiada, a tela enquanto ele enfrentava o furacão Andrew para fazer uma reportagem na Flórida. Ouvi-o entrevistar Nelson Mandela dias depois da sua eleição na África do Sul. E eu sabia que os noticiários de TV eram o meu lugar.

Cliquei no YouTube e digitei na caixa de pesquisa, "noticiário noturno IBS Nelson Mandela". Nada de C-SPAM e FOX News esta manhã. Se eu queria voltar para o jogo, precisava de um pouco de inspiração à moda antiga.

Quatro semanas depois, eu estava praticamente na estaca zero com as minhas entrevistas de emprego. É claro que comecei com as maiores empresas, embora, pensando bem, eu devesse ter esperado até terminar meu currículo. Ou pelo menos esta foi a impressão que tive da gerente de pessoal do *Good Day, Tampa Bay*. Pelo menos, depois que aceitasse suas sugestões muito úteis, eu receberia rejeições por escrito dos outros lugares que tentei.

Hoje eu pretendia ver como estavam as coisas com o *Eyewitness News in Tulsa* e o *Action News* de Pittsburgh. E se isso não desse certo, eu daria uma decisão nos caras de Phoenix de uma vez por todas.

Assim que terminasse na lavanderia. Nesse momento, minha única blusa limpa dizia ACEITO. O que era uma roupa tremendamente inaceitável, pelo menos até que eu conseguisse um novo emprego.

Enquanto esperava que minhas blusas brancas clareassem nas lavadoras industriais, comecei a dar alguns telefonemas. Os resultados foram muito menos do que animadores.

— ... Então, se souber de alguma coisa... — pedi a um funcionário de RH cheio de remorsos.

— Claro, Srta. Fuller. Mas sabe como é, com esta economia e com a internet...

— Mas se alguém que você conhece souber de alguma coisa... — eu continuava.

— Já pensou em criar um blog? — perguntou o cara do programa noturno de New Haven. — Acabamos de contratar um blogueiro excelente. Ou videoblogueiro, algo assim. A nova mídia é a onda do futuro.

— Agora é? — perguntei, cansada. Acho que meu laptop nem tinha webcam.

— É. — O cara baixou a voz. — Na verdade, acho que vou fazer uma página no Gawker.

Anotei Gawker na minha lista de possibilidades. Eu era atualizada. Estava por dentro. Podia agitar com meu smartphone no que havia de melhor.

Mas as pessoas não apreciavam necessariamente quando eu fazia isso. Nem me deixaram começar minhas três tentativas com o *American Morning*. Oscar havia usado todas as suas ligações para me dar um nome a quem mandasse meu currículo por e-mail, e depois... Esperei. E esperei. E fiquei cansada de esperar quando soube que eles não só não gostavam de smartphones na CNN, como também não gostavam de insistência.

Primeira Tentativa: "Veja só", expliquei, "meu BlackBerry mostra que o senhor abriu seu e-mail, então eu andei pensando. É, ele mostra... Alô? Bom, não, eu não *invadi seu sistema!*"

Segunda Tentativa: "Olá, é Becky Fuller de novo. Sim, eu liguei ontem, mas atualizei meu currículo ontem à noite" — isso depois das dicas de Tampa — "e pensei que o senhor podia querer o mais recente... Ah, tudo bem. Legal, eu vejo com o senhor em outra hora. Que tal amanhã?"

Terceira Tentativa: "Quando liguei ontem, sua secretária tinha certeza de que o senhor havia lido meu e-mail. Sim, resolvemos toda a questão com a notificação de meu BlackBerry. Bom... Ah. O senhor preencheu o cargo? Ah. Que coisa... incrível. Meus parabéns!"

E lá se foi minha mudança para o Sul.

Comprei livros sobre procura de empregos e tentei decifrar as metáforas sobre queijos e paraquedas. Tentei adaptar meu ritmo circadiano a um horário mais diurno, mas desisti depois de duas semanas, parecendo um zumbi e acordando a 1h30 da madrugada, independentemente do que eu fizesse. Raciocinei comigo mesma que, de qualquer maneira, seria uma perda de tempo. Assim que conseguisse reajustar meu relógio interno, eu conseguiria um novo emprego e teria de voltar a meu horário antigo. Pensei muito numa matéria que fiz há dois anos sobre a luta com o desemprego. Lembrei-me do especialista em psicologia falando de gerenciar o medo e a humilhação de ficar sem emprego durante a procura, uma época em que você deve projetar o máximo de autoconfiança.

Infelizmente, eu não me lembrava de qualquer das soluções que ele propôs.

E numa tarde, mais de um mês depois de esgotada minha indenização do Channel 9, eu estava sentada num banco de parque tendo minha 85ª conversa despropositada com meu 85º gerente de contratações. Eu havia esgotado cada cidade com emissora de TV nos Estados Unidos e provavelmente estava pagando mais pelos interurbanos para conversar com o funcionário educado e cheio de desculpas de *Wake Up, Manitoba*.

— E por acaso você acha que pode haver algum outro cargo em breve? — perguntei.

O homem riu.

— Aqui somos basicamente o cameraman e eu.

— Quem faz a previsão do tempo? — perguntei.

— Um alce da cidade.

Nesse momento, bipou a chamada em espera. Olhei o visor. Prefixo 212. Manhattan?

Despedi-me rapidamente do canadense.

— Alô? — atendi com cautela.

— É Becky Fuller? — perguntou uma voz desconhecida. — Aqui é Jerry Barnes, da IBS.

IBS? *A* IBS? Eu pestanejei e minha boca se abriu e fechou algumas vezes, como um peixe que não consegue entender para onde ia toda aquela linda água que lhe preservava a vida e por que havia um gancho em suas guelras.

— Sim — eu quase grasnei. — É a Becky. — Será que mandei meu currículo a algum gerente de RH chamado Jerry Barnes?

— Sou um velho amigo de Oscar — disse Jerry. — Trabalhamos juntos nos primórdios de nossas carreiras e ele me passou seu nome...

Que Deus abençoe o Oscar! Então ele *andou mesmo* procurando para mim.

— Mas então — disse Jerry. — Tenho uma vaga em meu noticiário matinal...

Um noticiário matinal na IBS? Incrível.

— Pode falar!

— Bom — Jerry alertou. — Acho que devo contar a você, é chumbo grosso...

— Gosto de chumbo grosso.

— Foi o que Oscar me disse — falou Jerry. — Quando estará disponível para uma entrevista?

De algum jeito, resisti ao impulso de dizer que naquela hora mesmo estava ótimo.

4

Elá estava eu, parada diante das imponentes portas do famoso prédio da IBS. Podemos ter o exageradamente exposto 30 Rock, podemos ter o prédio da CBS, com projeto de Eero Saarinen e tudo. Talvez eles tivessem mais história, mais seriedade. Mas não dominavam a silhueta da cidade. Este monólito de vidro em Bryant Park era tudo o que eu precisava para ser feliz.

Desde que me dessem o emprego...

Olhei meu reflexo pela última vez na porta de vidro. Não tinha batom nos dentes, o cabelo castanho ainda estava arrumado e liso no coque. Aparei minha franja de manhã — uma perspectiva perigosa, eu sei, mas havia crescido demais. Talvez este fosse um bom presságio. Terninho preto. Escarpins de salto alto. O pingente mínimo de diamante da minha mãe para dar sorte... Eu estava pronta.

Depois de receber meu crachá de visitante, fui conduzida por uma assistente à sala reluzente e muito fria de Jerry Barnes, o velho amigo de Oscar que — a julgar pelo metro quadrado só desta sala — claramente se dera muito melhor na vida do que meu ex-chefe. Jerry era alto e estava em boa forma, com o cabelo de um executivo de rede de televisão e um terno de executivo de rede de televisão, realçados por óculos de aro de chifre surpreendentemente nada-executivo-de-rede-de-televisão. Depois de dispensar as formalidades, ele deu uma olhada em meu currículo, como se já não tivesse visto e gesticulou para que me sentasse de frente para ele.

— Oscar disse que você é muito talentosa e trabalha muito bem — disse Jerry, como se não acreditasse muito nisso. — Disse que você é a produtora mais promissora que ele já contratou.

— Que bom! — eu disse. — Acho. — Porque o que isso significava, na verdade? Que eu era boa, mas não tanto quanto o outro produtor sênior que ele contratou?

— E então — perguntou ele, como se fosse a pergunta mais simples do mundo —, você é fã do nosso noticiário matinal?

Abri um largo sorriso e menti como uma condenada.

— Tem muitas coisas interessantes...

— É, a gente sabe. É horrível. — Jerry gesticulou seu desprezo para mim. Nada de asneiras por aqui. — Você sabe que os noticiários matinais costumam ser muito lucrativos. Os correspondentes no exterior? As notícias de última hora? Toda a porcaria de convenção política? O noticiário matinal paga por tudo isso. O da noite repassa a programação do dia, mas é o matinal que paga suas contas.

— Ótimo — eu disse no que rezava para ser um tom ao mesmo tempo sensato e de apoio.

— Menos — disse Jerry — nossa rede.

— Ah...

— Nosso programa está eternamente em quarto lugar, atrás do *Today*, do *Good Morning America* e daquela coisa da CBS, sei lá como se chama.

É, ninguém via aquele programa também.

Jerry suspirou.

— Os âncoras de nosso programa são difíceis e de pouco talento...

Cerrei os lábios e balancei a cabeça.

— Colleen Peck é uma pro...

— Horrenda! — rebateu Jerry.

Bom, pelo menos ela não dormia no meio da transmissão.

— Paul McVee — eu disse. — Um bom repórter.

Jerry me lançou um olhar incrédulo.

— Ele é podre.

— Olha, Sr. Barnes — eu disse.

— Jerry.

— Jerry, eu...

Mas ele não havia terminado.

— As instalações do *Daybreak* são antiquadas, têm pouco pessoal e pouco financiamento, qualquer produtor executivo que trabalhe lá será ridicularizado publicamente e sobrecarregado e, ah, o salário é medonho.

Ergui as sobrancelhas.

— Medonho em que grau?

— Cerca da metade do que você recebia no *Hey, How the Hell Are You, New Jersey*.

— *Good Morning, New Jersey* — corrigi.

— Que seja! — Ele gesticulou para mim de novo. — Já ofereci este emprego a 22 pessoas e todas rejeitaram.

Vinte e duas. Engoli em seco. É mesmo? Perguntei-me quantos desses 22 receberam a proposta ainda empregados e quantos eram, como eu, desempregados. Quantas pessoas ele queria para este cargo mais do que a mim? Gente que podia estar lá fora arrumando qualquer outro emprego disponível?

— Sim — eu disse com coragem. — Mas eu...

— Para falar com franqueza — Jerry admitiu —, se eu pudesse encontrar alguém que fosse qualificado, você não estaria sentada nesta cadeira.

Recuei naquela cadeira como se tivesse levado um tapa.

Ele enumerou minhas desqualificações.

— Você nunca foi produtora executiva, é nova demais, ninguém ouviu falar de você, e qual é sua formação acadêmica? — Ele me lançou um olhar de desdém. — Três... Não, quatro anos na Ridícula Fairleigh?

— Dickin...

— Deixei alguma coisa de fora? — Ele cruzou os braços.

Pigarreei.

— Não.

— Muito bem, Becky Fuller — disse ele. — Pode falar.

— Está bem. — Respirei fundo. Esta podia ser minha única chance. — O *Daybreak* é um programa de merda? É. Mas pertence a uma rede, e não a qualquer rede... Esta é uma das divisões mais tradicionais da história da televisão.

Jerry arregalou os olhos para mim.

— Só o que este programa precisa — continuei com o tom mais passional — é de alguém que acredite nele, entenda que uma plataforma nacional é um recurso inestimável, que nenhuma matéria é indigna demais e nenhuma matéria é superior demais para ser feita. — Parei, meio sem fôlego.

— Agora você vai cantar? — perguntou Jerry.

— O *Daybreak* precisa exatamente do que eu preciso — exclamei. — Alguém que acredite que pode conseguir. Confie em mim, sei que não há motivos para que você acredite em mim a não ser que trabalhei mais do que qualquer outra pessoa. Primeira a chegar. Última a sair. Sei muito mais de noticiários do que alguém cujo pai pagou para que fumasse maconha e fizesse semiótica em Harvard.

Pela primeira vez, Jerry ficou quieto. Ah, droga! Procurei algum sinal de diploma acima da mesa de Jerry. Por favor, diga-me que ele não estudou em Harvard.

— E eu me dedico *inteiramente* ao meu trabalho — completei rapidamente, enquanto perdurava o mico da Harvard. — É só o que faço. É tudo o que sou. Pode perguntar a qualquer um.

— Bom, isso é... — Jerry fez uma careta — ... constrangedor.

— É, sim — concordei. — E também é a verdade. — Minha nossa, era a verdade. E os últimos dois meses, em que passei as cinco horas diárias entre meu despertar e o advento do amanhecer fazendo absolutamente nada, convenciam-me inteiramente desse fato. Eu precisava do noticiário muito mais do que precisava de qualquer outra coisa. A não ser café. Ou talvez um namorado.

Na verdade, Deus, se eu conseguir este emprego, prometo que vou parar de reclamar de namorado.

Ele me examinou por um momento, de braços cruzados, os óculos de aro de chifre, a única coisa que impedia um olhar repulsivo. Encarei-o, de cabeça erguida. Eu havia falado com uma seriedade mortal. E era evidente que esta era a minha única chance.

Por fim, ele disse:

—Vou entrar em contato com você.

—Tudo bem — eu disse, e me levantei. Comecei a me dirigir à porta. — Só vou... aparecer depois disso. Quando você achar...

—Vou entrar em contato com você — Jerry repetiu, voltando para o seu trabalho.

—Você tem... todas as informações em meu currículo. —Ah, meu Deus, torci para estar andando até a porta certa. Arrisquei-me a olhar para trás. Era. Porta. —Tudo bem! — eu disse. —Tchau! Obrigada por... Obrigada.

— Arrã. — Ele nem levantou a cabeça. Seria um mau sinal? Será que tinha estragado tudo? Demonstrara ansiedade demais? Desespero demais? Estranhamente obcecada demais com a ideia de um programa matinal?

Andei até o elevador num certo estupor, repassando qualquer nuance na expressão de Jerry depois do meu discurso passional. Teria ele ficado impressionado? Enojado? Assustado? Será que estragara minha única chance? A porta se abriu e eu entrei. Deveria ter lembrado de como eu era a candidata número *23* — agindo, como os candidatos antes de mim, como se fosse boa demais para o *Daybreak*?

Um homem entrou no elevador ao meu lado. Mais ou menos da minha idade, com uns 15 centímetros a mais do que eu — até com meus saltos — e absurdamente bonito, cabelos bonitos, feições fortes e um blusão de boa qualidade por fora da calça. No mínimo, ele não havia acabado de pagar mico numa importante entrevista de emprego. Ele olhou de mim para o painel de controle do elevador, depois para mim de novo.

— São esses botões aí à direita — disse ele.

— Ah. — Eu acordei. — Hummm, térreo, por favor.

Ele apertou o botão.

— Até agora um bom dia?

— Eu não diria tanto — falei, abalada demais para evitar qualquer coisa, menos a franqueza. — Falei demais. Estraguei tudo.

— E agora está compensando isso? — disse ele, imitando meu tom.

As portas do elevador começaram a se fechar quando a mão de alguém as segurou e obstruiu. As portas se reabriram e Mike Pomeroy entrou.

Eu ofeguei. Aimeudeus! Mike Pomeroy. *Mike Pomeroy*? Um pouco mais velho, talvez, do que quando eu costumava idolatrá-lo no noticiário da noite, mas, ainda assim, impressionante, com cabelos prateados, o rosto com rugas e olhos inteligentes e *ai caramba, ai caramba, Mike Pomeroy está no elevador comigo agora mesmo.*

Mike Pomeroy assentiu mecanicamente para o bonitão enquanto o elevador começava a descer. Abri a boca para falar, depois mordi a língua. Tentei olhar os números dos andares no monitor, mas *MikePomeroyestádomeulado eleestárespirandomeuar MikePomeroyaimeuDeusdocéu.*

— Senhor — eu disse, virando-me de frente para ele. Não consegui me conter. — Eu... Puxa vida. Eu sou... Sua admiradora, senhor. Eu... Mas caramba!

O outro homem pareceu se divertir com meu ataque.

— Uma grande, *grande* fã. Grande. Enorme. Nós acompanhamos o senhor desde o início... Toda a minha família o viu. De todos os âncoras que vi na vida, o senhor era de longe o melhor repórter. É sério. Quando esteve no Kosovo, *eu* estive no Kosovo. Sabia? Puxa vida!

Mike Pomeroy olhou para o outro cara.

— Ela trabalha para você?

— Não — disse ele. — Estou aqui para ensinar a moça a usar o elevador.

A porta se abriu às minhas costas. Mike se virou para mim.

— Aprendeu?

— Sim — eu disse. Caramba, *Mike Pomeroy falou comigo.* — Desculpe. Sim.

Ele gesticulou para além de mim, para a saída.

— Permite-me?

— Ah. — Saí do caminho. — Sim. Claro. Perfeitamente. Desculpe.

Mike Pomeroy saiu. Enquanto as portas se fechavam, suspirei.

— Ai, meu Deus, nem acredito que acabei de... Você o conhece?

O elevador tilintou de novo e a porta se abriu.

— Sim — disse o homem, a expressão e o tom igualmente sérios. — Ele é a terceira pior pessoa do mundo. — E saiu dali.

Esforcei-me para me recompor em todo o caminho até o térreo.

Bom, acho que minha visita à IBS não foi uma completa perda de tempo. Afinal, estive cara a cara com Mike Pomeroy. Provavelmente banquei a idiota até mais do que com Jerry Barnes, mas tudo bem. Valeu a pena. Mike Pomeroy!

Mas acho que foi minha primeira e última chance de estar num elevador com ele. Arrastei-me pela praça da IBS, sem me importar mais se estava arruinando os dedos dos pés nos meus escarpins de salto. Tirei o crachá de visitante da IBS e o atirei na lixeira mais próxima. O tráfego de pedestres fluía em volta de mim, nova-iorquinos ocupados, com empregos, atividades, namorados. Motivos para existir.

Meu BlackBerry começou a zumbir no bolso. Peguei-o e olhei o número.

IBS.

Atendi, sem me preocupar com o barulho da cidade, o som da fonte na praça e o fato de que não era superprofissional gritar "Alô!" ao telefone.

— Tudo bem — disse Jerry. — Vamos nessa.

— Sério? — exclamei.

— Mas eu te falei que o salário é baixo, não foi?

Falou mesmo. Menos até do que meu antigo emprego, e eu tinha de me mudar para Manhattan. Ainda assim, agora eu estava recebendo nada *e* não trabalhava na televisão. Então, era um avanço.

— Vou aceitar.

— Esteja aqui na segunda-feira. — Ele desligou.

Por um momento, fiquei completamente paralisada, uma rocha de salto alto no rio de tráfego a pé de Manhattan. Depois pulei de alegria. Comecei a uivar e gritar, assustando pelo menos uns dez pedestres. Para completar, girei algumas vezes, depois dancei pela rua para a entrada mais próxima do metrô.

Becky Fuller, produtora executiva do *Daybreak* da IBS.

Eu tinha conseguido.

Eu já procurava apartamentos nos classificados dentro da barca de volta a Jersey.

— Não, não tenho nenhum bicho de estimação — expliquei ao cara com o conjugado que parecia promissor. —

Festas barulhentas? — Eu ri. — A não ser que pense que eu e algum biscoito cru formemos uma festa. E não me importo que não tenha vista. Na verdade, acho muito tranquilizador olhar uma parede.

— Senhora — disse ele —, a senhora parece esquisita, mas pode vir dar uma olhada.

O apartamento não ia ganhar nenhum prêmio de decoração, mas dava pro gasto... Dediquei o resto da semana à minha mudança. Reservei um caminhão de mudança com meu BlackBerry depois de assinar o contrato e comprei algumas caixas numa loja de embalagens perto da minha casa quando voltava para lá. Infelizmente, só precisei de três, embora isso pelo menos significasse economizar nas taxas de depósito. Minha nova casa era *minúscula*. Eu podia escovar os dentes, fazer torrada, escolher roupas, abrir a janela e ver quem estava na porta da frente, tudo isso sem mexer os pés. Acho que é o que se consegue quando se quer morar em Manhattan. Mas, se significasse meu próprio programa matinal, eu moraria num baú.

Preparar meus móveis para a mudança também não me tomou muito tempo. As coisas da IKEA, aliás, são tão fáceis de desmontar como de montar. A não ser pelo futon. Aquela monstruosidade da era universitária estava pronta para ir pro lixo. Em alguns dias, eu tinha um novo apartamento e um novo sofá, e tudo estava pronto para minha nova vida.

Talvez, dessa vez, eu realmente tivesse uma vida.

Anna pirou quando contei a ela, bebendo em minha última noite em Jersey. Bom, minha última tarde, já que nós duas tínhamos horários de programas matinais.

— O *Daybreak!* — disse ela. — Eu nem sabia que esse programa ainda estava no ar.

Tive a sensação de que ainda ia ouvir muito isso.

— Bom, você vai saber em breve. Agora que estou no comando.

Anna bateu o copo no meu.

— A isso!

Também contei sobre o encontro com Mike Pomeroy e meu infeliz ataque verbal.

— Ui — disse Anna. — O que ele tem aprontado? Acho que não o tenho visto no *Nightly News* ultimamente.

— Ele foi demitido — eu disse. — Algo a ver com chamar um político de cabeça de titica ou um absorvente usado; não me lembro dos detalhes. Mas está no ar. Só a multa contratual...

— Então, o que ele estava fazendo no prédio? — perguntou ela.

— Ele ainda faz uma reportagem ou outra — expliquei.

— Só que não é mais âncora. Aposto que ainda está sob contrato lá.

Anna me encarou.

— Becky — ela alertou. — Não vá assediar Mike Pomeroy.

— Não vou.

— É sério, eu soube que ele anda armado.

— Eu não vou! — insisti.

Não muito.

E então, antes que eu me desse conta, era meu primeiro dia na IBS. Vesti meu melhor terninho, arrastei-me nos saltos de novo e fui para a cidade depois de fazer escova e chapinha no cabelo. Era meu primeiro dia como produtora executiva e eu queria apresentar o visual certo. Além disso, como disse Jerry, um monte de gente ali já esperava que eu fracassasse. Eu não suportava parecer nada além de uma durona absoluta.

Eu era de Nova Jersey. Sabemos como pisar duro por lá.

Dentro do átrio, esperei que me levassem à minha nova sala. Minha pasta nova em folha estava pousada a meu lado, elegante, profissional e executiva. Endireitei a saia, respirei fundo e esperei.

No monitor no saguão, passava o *Daybreak*. Pude ver Paul McVee e Colleen Peck, os dois âncoras, trocando provocações no cenário cor de poente característico do programa.

"Amanhã", dizia Colleen animada mas insípida, como a ex-rainha da beleza que era, "mostraremos o que você pode fazer com todos os frascos com apenas um dedo de xampu que você tem pela casa." Ela olhou para Paul e sorriu. "Eu sempre me perguntei o que fazer com isso."

"Ah, eu sei", respondeu Paul. "É dureza."

Alguém que passava pela frente do monitor olhou a tela e revirou os olhos.

Endireitei-me em minha cadeira. Tudo bem, eu claramente tinha um desafio e tanto — isso era inquestionável. Precisava melhorar não só o programa, mas também sua reputação, até internamente, na IBS.

"E também", dizia Paul, "veremos mais sobre a enchente no Iowa. Por fim, algumas notícias melhores sobre o tempo para o pessoal de lá."

Levantei as sobrancelhas. Melhor do que uma *enchente*? É mesmo? Ao que parecia, o limite para melhorar este programa não era alto demais.

Colleen falou. "Então, fique conosco amanhã, por favor, e", ela parou teatralmente para sua despedida, "obrigada por passar sua manhã aqui no *Daybreak*."

"Cuidem-se, pessoal!", disse Paul, com um aceno para o público.

Colleen assentiu como uma rainha dando um perdão de último minuto. O que, em vista da qualidade do programa, não ficava muito longe da verdade.

Suspirei.

O segurança atrás da mesa olhou para mim.

—Vai fazer entrevista para o *Daybreak*? Assistente? Estagiária?

Ajeitei os cabelos.

— Na verdade, humm, sou a nova produtora executiva deles.

— Mais uma? — o segurança disse, ironicamente.

— Como?

O segurança ergueu as mãos, rendendo-se.

— Só estou avisando. Não desfaça as malas.

Que ótimo! Nem o segurança achava que eu ia me dar bem. Talvez a chapinha não tenha funcionado como eu esperava.

Naquele momento, vi um homem andando na minha direção.

— Becky Fuller? — Ele estendeu a mão.

Levantei-me e o cumprimentei.

— Eu mesma.

Ele me abriu um sorriso contido.

— Meu nome é Lenny Bergman.

— Produtor associado — dissemos ao mesmo tempo.

— Sim — continuei. — Eu sabia quem você era. Começou na WABC, depois dois anos na CBS, está aqui há 13 anos.

— É isso mesmo — disse ele, impressionado. Lenny estava na casa dos 40 anos, era corpulento, com um cabelo que precisava de corte e a postura de quem carregava o peso do mundo nos ombros. Era nisso que dava trabalhar no *Daybreak* por 13 anos? Essa aparência constante de derrota?

— Minha única pergunta é: por que não o promoveram?

— Comigo, não — disse ele.

Balancei a cabeça. Ele não queria uma promoção?

Ao ver minha incredulidade, ele deu de ombros.

— Uma vez fiz isso por algumas semanas, depois eles me relegavam a segundo plano de novo.

— E por quê?

— Ao que parece, o choro atrapalhava.

Ah. Obriguei-me a assentir, como se compreendesse.

— Mas você vai adorar — disse ele com a maior rapidez possível. — É um *ótimo* emprego.

O segurança bufou.

5

Depois da parada necessária no RH para preencher a papelada e pegar meu crachá, Lenny me levou pelos labirintos do prédio da IBS. Nosso primeiro passo foi uma longa excursão num elevador surpreendentemente antiquado para um prédio tão novo. Em seguida, atravessamos uma série de corredores incrivelmente dilapidados e estreitos enquanto Lenny me informava do horário.

— Nossa reunião da manhã acontece às 5 — ele me explicou.

— Não é meio tarde? — perguntei. Até no Channel 9 tínhamos mais de duas horas para ajustes de última hora.

Ficamos achatados na parede para dar passagem a um bando de técnicos e contrarregras que carregavam cabos e colunas. O corredor continuava, descendo num túnel para o que bem podia ser o centro da Terra. Aqui e ali, havia móveis de escritório sem uso. Girei o corpo e virei-me para não esbarrar nas coisas enquanto tentava acompanhar o passo de Lenny, que claramente conhecia essa toca de coelho como a palma da mão.

— É só que — eu dizia, enquanto ele se desviava de um fícus morto num vaso — estou acostumada à madrugada...

— Hummmm — disse Lenny, como se a ideia nunca tivesse lhe ocorrido. — Talvez a gente precise de donuts melhores. — Ele começou a apontar lugares à medida que íamos nos aproximando cada vez mais da sala de controle (a sala de descanso deste lado, o toalete feminino no final do deste corredor), mas eu não podia deixar passar a questão do horário.

— No *Today* — eu disse —, a equipe sênior está a postos às 4h30.

Lenny parou e se virou, parecendo achar graça.

— É. Somos iguaizinhos ao *Today* — disse ele, em tom brincalhão. — Só que sem o dinheiro, os espectadores, o respeito... Mas, pensando bem, é meio parecido.

E, com essa, ele abriu a porta com a placa "Sala de Controle", conduzindo-me para dentro de um submarino abandonado da Guerra Fria.

Bom, não estou falando sério. Mas, se Lenny dissesse que este era o cenário de alguma versão filme-da-semana da IBS de *Caçada ao Outubro Vermelho*, eu não teria ficado surpresa.

— Será que tem... eletricidade aqui? — perguntei, horrorizada.

— Às vezes, o cabo do monitor tem mau contato e eu tenho que chutar enquanto escoro com um mancebo.

— Ah... — Acho que tive minha resposta.

Lenny me observava enquanto eu tentava apreender tudo à minha volta.

— Então, o Jerry te deu algum dinheiro para reformar a sala de controle ou o estúdio?

— Ele me disse que está cortando o orçamento em 20 por cento.

— Mas que droga! — exclamou Lenny. — Eu estava apostando tudo em um mancebo novo.

Eu ri. Gostei de Lenny, desde que ele conseguisse reprimir o choro.

Ele deu de ombros.

— Acho que é o que se consegue trabalhando numa rede com o mesmo acrônimo em inglês de síndrome do intestino irritável.

Olhei a sala de controle ridiculamente ultrapassada. E eu que pensava que as coisas no Channel 9 precisavam de reforma. Mas, ainda assim, era uma sala de controle e eu não estivera numa dessas por um bom tempo. Respirei fundo. Ah, adoro o cheiro de napalm pela manhã.

— Olha — eu disse a Lenny. — Não sou idiota. Sei o que este programa vem enfrentando. Mas só porque ninguém assiste e ele foi uma porcaria, isso não quer dizer que precise continuar a ser assim. Eu não vou deixar. É um privilégio trabalhar em um programa de rede de televisão e *eu*, pelo menos, não vou deixar essa oportunidade escapar.

Lenny me olhou, boquiaberto.

— E agora você vai cantar?

Forcei um sorriso. Era isso que se recebia por animar as pessoas.

— E então, o que me diz? Vai dar uma chance a essa coisa?

— Já que insiste... — disse Lenny com um sorriso.
— Ótimo. — Arregacei as mangas do blazer. — Vamos ao trabalho. Fui até a porta e puxei a maçaneta.

Ela saiu na minha mão.

— Mas essa era uma das nossas melhores maçanetas — brincou Lenny.

Lenny continuou o passeio, levando-me pelo Serviço de Apoio e aos camarins. As paredes eram cobertas de fotos dos apresentadores do *Daybreak* ao longo dos anos. Notei, sem surpresa, que, embora a moda tivesse mudado, os rostos e os cabelos eram os mesmos. Colleen Peck exibia um sorriso animado e congelado no tempo, com um penteado louro no estilo Martha Stewart, desde meados dos anos 1990. Paul McVee era seu oposto visual: cabelo preto, um sorriso extraordinário — o que também é bom, uma vez que às vezes pode parecer meio Anthony Perkins demais — e muito mais produto capilar do que qualquer homem pode precisar.

— Colleen está aqui desde sempre — dizia Lenny. — Não fale nesse assunto, aliás. Mas McVee ganha mais... Também não fale nisso.

— Tudo bem — eu disse, pegando um bagel numa mesa do Serviço de Apoio. Na verdade, fiquei surpresa em ouvir isso. Mas eu achava que eles tinham problemas para trazer apresentadores para o programa, como têm com os produtores. Talvez McVee entendesse isso como adicional de insalubridade.

— Eles se odeiam... Não fale nisso... Mas é porque Colleen odeia todo mundo... Não fale nisso... E, antigamente, ela dormia com Paul, que a trocou pela assistente dela... Não...

— ...fale nisso — completei. — Entendi.

— E lembre-se de me procurar *antes* de falar com McVee, depois de falar com Colleen. Assim, posso combinar tudo com você.

Franzi a testa.

— Por quê?

— É só que... Confie em mim, está bem? — Lenny parou na frente do camarim de Colleen. — Está pronta?

Assenti e bati à porta.

— Entre. — A voz de Colleen era quase irreconhecível ao dar a ordem. Olhei para Lenny e a expressão dele dizia tudo.

Não diga que não lhe avisei.

Por acaso, nenhum aviso de Lenny teria sido suficiente para me preparar para a quase hostilidade que Colleen dirigiu a mim no segundo em que cruzei a porta. Lá se foi sua *persona* no ar, cheia de sorrisos e bom humor de fala mansa. A Colleen Peck que conheci era um tigre raivoso — os olhos faiscavam, jogando o cabelo, a boca retorcida em um esgar. Ela nem deixou que me apresentasse e já começou a bronca.

— Sabe quantos produtores eu tive nos últimos 11 anos? *Quatorze.* — Ela saiu de seus saltos altos e meteu os pés num par de chinelos felpudos. — Se eles são idiotas, são demitidos, e se são inteligentes, pedem demissão. E agora — ela me lançou o olhar de cima a baixo mais desdenhoso que já recebi —, agora olha só o que me arrumaram.

Estendi a mão.

— Oi, meu nome é Becky.

— Becky. — Ela olhou para minha mão, mas não a tocou. — Você é idiota ou inteligente?

— Fico com inteligente — eu disse. — E não vou me demitir.

Colleen soltou outro bufo deselegante e se virou para a penteadeira.

— Acha que gosto de ficar em último lugar? — perguntou ela ao passar hidratante no rosto. — Acha que é divertido trabalhar numa rede que gasta mais em um episódio de um programa de encontros com um anão solteiro do que com todo o nosso orçamento semanal?

Era verdade? É claro que *A Little Bit o' Love* era um programa de entretenimento surpreendente, mas sei lá!

— O único motivo para eu não ter sido demitida — disse ela, girando o corpo para mim — é que sou barata e tenho um ibope alto entre as mulheres pós-menopausa entediadas que compram as porcarias dos anunciantes.

Ela me cutucou com a unha perfeita até que recuei alguns passos.

— Nunca tive um coâncora decente, só uma porta giratória de idiotas cretinos. Nossa audiência está no fosso. Quanto tempo o programa pode se manter desse jeito? — Ela girou e desapareceu no closet.

Olhei para as suas costas, mas ela bateu a porta na minha cara. Eu não tinha muita certeza se ela queria ou não uma resposta para essa pergunta. E também era uma boa pergunta. O programa não podia continuar assim. E eu não pretendia deixar.

— Olha, Colleen — eu disse para as frestas da porta. — Conheço a história do programa. Sei que todos passaram por muita coisa e...

Colleen abriu a porta num rompante e saiu, vestida com calça e uma camiseta apertada, tão impecáveis quanto as roupas que usava no palco. Era um milagre e tanto que ela tivesse conseguido se trocar de pé num closet apertado e escuro.

Um milagre de dar medo, talvez relacionado a alguma feitiçaria.

— Você — Colleen declarou num tom arrogante — não vai conseguir. Como todos os outros. Depois vai embora. Como todos os outros. — Ela avançava sem parar e eu batia em retirada. Mas que durona eu sou! — E ainda estarei aqui, puxando essa coisa toda montanha acima com os dentes!

Seus dentes muito brancos, muito regulares e provavelmente muito afiados. Aqueles que ela agora arreganhava para o meu lado. Percebi que havia subestimado isso. O ar de miss que ela adotava diante as câmeras escondia a piranha carnívora que havia por baixo.

Perguntei-me se podia trabalhar com isso. Reformular Colleen como uma mulher meio forte e pragmática. Bette Davis. Katharine Hepburn. Barbara Stanwick. Gente assim.

Ela me cutucou de novo.

— Acha divertido levar um chute na bunda?

Cambaleei para trás, até que me vi na soleira da porta. Mas é claro que as pessoas realmente só gostavam de mulheres fortes quando sua ira era dirigida a outro lugar, como Colleen ilustrava de forma tão útil para mim.

— Bom, eu...

— Bem-vinda ao *Daybreakezinho* — disse Colleen. E fechou a porta na minha cara.

— Tudo bem — eu disse à porta. — Bom discurso! Um feedback incrível! Estou louca para... — eu me interrompi.
— Tá legal, então.

Tudo bem. Ora essa! Colleen seria meio difícil, mas eu tinha certeza de que podíamos aprender a trabalhar juntas. Afinal, ela pareceu comprometida com a mesma causa que eu tinha: o *Daybreak*. Nós podíamos... puxar essa coisa toda montanha acima com os dentes — juntas. Ou algo assim.

Ao me virar, vi Paul McVee andando pelo corredor.

— Paul! — gritei.

Ele se virou e eu recebi todo o efeito de seus... hã... aprimoramentos. Sem a ajuda da câmera, eles eram meio... um vale de mistérios. Se eu esbarrasse nele na frente de um museu de Madame Tussaud, podia tê-lo confundido com sua própria figura de cera. A pele era bronzeada demais, os dentes brilhavam demais e o cabelo tinha gel demais. Mas colei um sorriso um pouco mais falso do que a fenda de seu queixo e andei, animada, até ele.

— Becky Fuller — eu disse. — Serei sua nova produtora executiva. Estou tão feliz em conhecê-lo. Eu...

Ele continuou andando para o camarim, ignorando a mão que eu estendia e abstendo-se de algum cumprimento, algo do tipo que Colleen me fizera sofrer.

— Quando tiver uma chance — eu disse atrás dele, como se ele prestasse a mínima atenção —, adoraria conversar com você sobre algumas ideias. Gostaria de transferir alguma coisa do orçamento, ver se podemos colocar você na rua fazendo mais reportagens...

Ele parou à porta.

— Seeeeeeei — disse ele lentamente. — Não gosto de sair do estúdio. Gosto de... ambientes climatizados.

É verdade — caso contrário, ele teria derretido. Eu o alcancei, decidida a salvar as apresentações.

— Ah, entendi... Bom, sei que tem muitas ideias para outros...

Ele deu de ombros.

— Na verdade, não. Bato o cartão na entrada e na saída. Não tenho queixas.

Táááá legaaaal.

— Olha, porque Colleen e eu estávamos agora mesmo cogitando alguns possíveis...

— Mas é claro — continuou ele, abrindo a porta de seu camarim. — Eu ficaria feliz em discutir essa questão *em particular*. — Ele meneou as sobrancelhas perfeitas para mim.

— Hã... — Tudo bem, talvez eu só estivesse interpretando mal. Afinal, falei com Colleen no camarim dela. Assim mesmo. Espiei o interior da sala. Peraí... Aquilo era uma *cama de armar*?

Ele olhou para meus pés.

— Que número você calça? Trinta e quatro? Trinta e cinco?

— Trinta e seis — respondi, confusa.

— Arrã. — Ele tombou a cabeça de lado, ainda olhando meus sapatos de salto. — O que acha de ter os pés fotografados?

Lenny veio em disparada pelo corredor.

— Becky, Paul, *aí* estão vocês. — Ele me olhou de um jeito que dizia, *eu te avisei*.

Eu olhei para ele com o que esperava transmitir o máximo de Nova Jersey: *Não dou a mínima*.

Agora aquele era o *meu* programa.

★ ★ ★

Meu próximo corredor polonês foi minha primeira reunião de equipe. Os funcionários convergiram para a sala de reuniões do *Daybreak*, que, infelizmente, era tão dilapidada quanto o resto do estúdio. Mas, ao mesmo tempo, fiquei impressionada. A equipe — a *minha* equipe — era quatro vezes maior do que a que eu tinha no Channel 9. Pelo menos 15 pessoas cercavam a mesa diante de mim e cada uma delas tentava atrair minha atenção.

Vesti minha expressão calma, fria e controlada, como uma armadura de batalha, e me sentei ao lado de Lenny.

— Estamos todos aqui? — perguntei.

Colleen revirou os olhos, exasperada.

— Falta McVee — disse ela. — Que grande novidade!

Lenny se intrometeu rapidamente.

— McVee nem sempre vem às reuniões.

Uma ova que ele não vinha! Limitar-se a "bater o cartão na entrada e na saída" agora era permanentemente proibido para meus âncoras. Virei-me para uma das estagiárias sentadas atrás de mim e lhe abri um sorriso doce.

— Diga a Paul que precisamos dele, por favor. — E se ele se atrevesse a fazer algum comentário pervertido sobre os sapatos dela, eu cortaria a cabeça dele. — Muito bem, então — eu disse. — Oi, pessoal. Meu nome é Becky Fuller. Então... — Bati a beira da minha pasta na mesa. — Vamos colocar a mão na massa.

E eles colocaram mesmo. Nos minutos seguintes, parecia que eu estava sendo sitiada de todos os lados por ideias de matérias, crises de horários, perguntas ocas e cada indecisão demográfica conhecida da humanidade.

— Amanhã, Rocco di Spirito quer fazer lasanha — disse um produtor.

— Ótimo — respondi.

— Eu disse a ele que fizemos na semana passada com a Barefoot Contessa, mas ele insiste. O que eu faço?

Ah. Não tão ótimo assim.

Lisa, que reconheci como a repórter de entretenimento, se manifestou.

— Na semana que vem, quero fazer um segmento sobre sucos de desintoxicação... Todas as celebridades estão gostando e eles têm um poder incrível de rejuvenização.

— Rejuvenescim...

— Minha ideia — ela continuou tagarelando — é que eu tome o suco e depois podemos, tipo assim, medir minhas toxinas.

As toxinas *dela*?

— Para a entrevista de animais paranormais — perguntou outra produtora —, o set da sala de estar ou em banquinhos? E quer um periquito ou uma iguana?

— A ABC diz que não podemos ter Eva Longoria menos de três semanas depois de ela ir ao *Good Morning America*. O que vamos fazer? — perguntou uma terceira.

Uma quarta falou.

— Acha que está com problemas? Eles nos ofereceram o terceiro coadjuvante do filme de Patrick Dempsey. E a gente quer esse cara?

— Olha — disse uma quinta, farta de lidar com celebridades e suas exigências. — Eu tenho uma matéria *de verdade*. Uma ótima matéria de Tampa sobre fraudes num fundo de pensão. Ótimas vítimas, ótimo visual, mas temos que agir rápido, porque eles estão caindo como moscas. Será que a gente deve mandar uma equipe ou usar o pessoal local?

— Uma equipe! — disse um quinto produtor. — Quando é que o mixer de som da sala de controle vai funcionar de novo? Vai custar pelo menos 10 paus para consertar e não tenho ideia de onde vamos tirar esse dinheiro, a não ser do orçamento do noticiário.

A essa altura, Ernie Appleby, o homem do tempo do *Daybreak*, tirou dois cata-ventos gigantescos de metal de baixo da mesa. Um era encimado por um galo, o outro, por um cavalo.

— Eu queria mostrar uns cata-ventos.

Isso calou a boca de todos por um instante. Menos a quarta produtora, que deu uma risadinha maldosa. Todos ficamos paralisados ao ver os cata-ventos de Ernie.

Depois outra produtora levantou a mão, discretamente.

— Para aquele segmento sobre alimentos infantis — perguntou ela —, quer um bebê de verdade? E se quiser: branco? Negro? Hispânico? Asiático? De cabelos castanhos, louros? Com dentes? Sem dentes?

Todos me olharam, à espera de respostas. E, à medida que o silêncio ia se ampliando, Colleen revirou os olhos para Lenny. Paul McVee escolheu esse momento para fazer sua entrada.

Ele se recostou despreocupadamente na soleira da porta.

— Ah, estamos todos aqui reunidos para pensar em como tornar o pior programa de televisão ainda mais patético. *Isso* eu certamente não ia querer perder. — Ele baixou o nariz para mim e disse num tom de voz de puro escárnio. — E agora, o que *você* quer?

Todos olharam para Paul, depois para mim. Todos acharam que eu era um fracasso, de Paul e Colleen a todos os estagiários que tomavam notas às minhas costas.

Eles ainda não viram nada.

Respirei fundo e me virei para a primeira produtora.

— Diga a Rocco — eu disse — que, se ele insistir na lasanha, será demitido.

Concentrei-me em Lisa.

— "Toxinas" não podem ser "medidas". E a palavra é "*rejuvenescimento*".

À terceira:

— Diga ao pessoal de Longoria que não vamos divulgar o próximo filme dela se não a recebermos uma semana antes do *Good Morning America*.

À quarta:

— Não quero o terceiro coadjuvante, quero Dempsey. Diga ao pessoal *dele* que, se o mandarem, vamos colocá-lo no início e deixar que ele fale de reciclagem, falcões ameaçados ou sobre o que ele quiser.

— Ernie — eu disse ao homem do tempo. — *Cata-ventos?* Está brincando comigo? Tenha dó!

— A matéria de Tampa parece ótima — eu disse à quinta —, mas teremos que usar talentos locais. Porque — olhei para a sexta — temos que consertar aquela mesa de som. Procure os 10 paus no orçamento. Percebi que a verba para cabelo e maquiagem está alta demais. — Olhei para Colleen. — Você pode dividir seu cabeleireiro com Lisa nos dias dela.

Colleen ofegou, apavorada com a ideia.

Bati a caneta no queixo.

— Vejamos, esqueci alguma coisa? Muito bem. Bebê asiático, sem dentes. E vamos ter mães lésbicas, se conseguirmos.

A produtora anotou rapidamente. Todo mundo que não escrevia furiosamente me encarava, de boca escancarada. Mas eu ainda não havia terminado. Faltava a grande cartada
Assenti para Paul McVee.
— Ah, e Paul... *Você está demitido*

6

Paul começou a esbravejar.

— DE-MI-TI-DO — repeti. Pelo canto do olho, eu via algo inesperado faiscar na expressão de Colleen. Choque, sim, mas também... Seria respeito? Ou eu só estava interpretando mal sua capacidade de superar o Botox?

Tomei um gole do meu café enquanto o ex-âncora do *Daybreak* da IBS saía do palco. Ouvi a porta se fechar — na verdade, bater. Ouvi um enorme silêncio ensurdecedor à medida que cada funcionário do *Daybreak* ia mostrando completo assombro. Depois, ainda mais assombroso, ouvi alguém começar a aplaudir. Em seguida, outros fizeram o mesmo.

Abri para Lenny um sorrisinho discreto e presunçoso por cima da borda da minha caneca e esperei que ninguém percebesse que os nós dos dedos da minha mão haviam adquirido uma lividez cadavérica.

Tentamos continuar a reunião depois disso, mas aconteceu uma coisa engraçada — ninguém tinha mais nenhuma pergunta. Por fim, desisti e os dispensei, e todos praticamente voaram para fora da sala. Afinal, havia e-mails a serem enviados, telefonemas a serem dados e a fofoca mais picante que a IBS via em meses para ser espalhada: a nova produtora executiva do *Daybreak* demitira o âncora no primeiríssimo dia de trabalho.

Se eu tivesse ouvido a novidade, talvez não acreditasse.

Até Colleen desapareceu, possivelmente para entrar em contato com seu agente e exigir que ele examinasse atentamente seu contrato. Mas Colleen não precisava se preocupar comigo. Ela era irascível, mas era firme — talvez o único aspecto firme de todo o programa.

E eu tinha levado toda a equipe a perceber isso com um baita de um susto.

— Bom — disse Lenny, depois que ficamos a sós.

— Bom — eu disse, e tomei outro gole. Eu ia ficar sem café logo, e o que faria com as mãos? Tinha certeza de que iam tremer sem a caneca a que se agarravam com tanta determinação.

— Bom, acho que a gente deve ver aquele novo mixer de som — disse Lenny.

— Faça isso. — Finalmente afrouxei a caneca entre as mãos, mas de imediato comecei a folhear a pasta mais próxima.

— O que... — ele hesitou. — O que... hummm... você vai fazer?

— Ah, não sei — respondi. — Quem sabe bater um papo com Jerry Barnes?

— Parece uma boa ideia — disse Lenny. — Considerando...

— É — concordei. — Considerando.

Quando apareci por lá, a secretária de Jerry já sabia. Era de admirar, dado o labirinto que tive de atravessar para escapar do set do *Daybreak*.

— Ele quer ver você — disse-me ela. — Mas não está aqui.

— Ah — eu disse. Então, Jerry também já sabia. — Devo voltar mais tarde?

Ela me lançou um olhar.

— Não, isso significa que você deve encontrá-lo. — Ela levantou o fone do gancho. — Quer que eu o localize para você?

Graças à secretária, pude interceptar Jerry na esquina da Fifty-Ninth Street com a Quinta Avenida. Ele olhava a vitrine da loja da Apple quando o alcancei.

— Você — disse ele, olhando uma cascata de iPods cor de bala.

— Oi.

— Meus parabéns. Você abalou o *Daybreak*. — Ainda sem me olhar nos olhos. Era assim que as coisas funcionavam na IBS?

— Ora, Jerry... — comecei.

— Seu primeiro dia e você mandou nosso âncora embora, sem dinheiro para pagar outro.

— Ele estava baixando o moral do programa — argumentei.

Então, ele se virou para mim.

— E isso lá é possível?

Fiquei firme. Era possível *agora*. Eu tinha esse moral e, que droga, ia cuidar para que todos os outros também tivessem, nem que fosse preciso enfiar ânimo pela goela deles. Ou por outros orifícios.

—Você deve ter gente sob contrato — eu disse. — Âncoras locais. Repórteres. Vou encontrar um. Promover lá de dentro. Será bom o pessoal do programa ver isso.

Jerry não pareceu se convencer.

— Faça o que quiser — disse ele. — Encontre alguém ótimo. Desde que não me custe um centavo sequer.

Ele se virou e andou pela rua. Eu o chamei.

— E se lhes dermos um de meus três centavos?

— É o máximo que se pode arrancar de você — gritou ele de volta.

Ah, não era, não. Se eu tinha de encontrar um novo âncora — e não só qualquer âncora, mas alguém que me ajudasse a revitalizar o programa —, eu teria de encontrar todo um novo filão de Fuller para garimpar. Eu teria de rebolar muito, arregaçar as mangas, meter as caras e envolver outras atividades metafóricas de trabalho árduo — e rapidamente, ou o *Daybreak* terminaria ainda mais abalado do que antes.

Assim que voltei ao trabalho, peguei as gravações de teste de cada jornalista que a IBS tinha sob contrato com um segundo que fosse de aparição no vídeo. Tinha de haver alguém promissor ali. Algum locutor corajoso e apresentável se roendo para ter um pouco de exposição em rede nacional. Alguém como eu, que talvez tenha sido ignorado porque não tinha a linhagem certa, mas se esforçava para mostrar o que podia fazer. E eu os tiraria da obscuridade e lhes mostraria o mundo.

Olha, uma mulher pode sonhar...

Pelo menos, pode sonhar pelos primeiros 43 testes. Depois disso, as coisas ficam meio cabeludas. Ou dentuças, no caso do mais recente candidato, que parecia ter tomado emprestado as mandíbulas de um cavalo para fazer esta transmissão.

"Outro dia de roer as unhas em Wall Street hoje..."

— E ele sabe tudo de roer — murmurou Lenny. Ele estava sentado ao meu lado e não estava mais entusiasmado do que eu com este processo.

"... enquanto o Dow subiu oitenta pontos, para cair duzentos pontos pouco antes do fechamento."

— Ele não é tão ruim assim — eu disse.

— Claro — respondeu Lenny. — Basta colocar uma sela e ele está pronto para a largada.

Cliquei na cara de cavalo e comecei a pilhar nossos DVDs restantes.

— Muito bem, quem é o próximo?

Lenny se espreguiçou e se levantou.

— Desculpe. Quero ir para casa e ver minha mulher e meus filhos. — Ele me olhou de cima, ainda examinando a pilha de gravações. — Você tem filhos?

— Hein? — perguntei. — Não.

— Marido? — tentou ele. — Namorado?

— Eu? Como é? Não, não.

Ele riu.

— Ah, me desculpe. Que pergunta idiota! É claro, porque você é horrenda e repulsiva.

Balancei a cabeça.

— Mas que droga, onde foi que coloquei aquele DVD de Miami?

— Ou coisa parecida — acrescentou ele, depois pegou o paletó.

Acenei em despedida a Lenny. Mesmo que eu tivesse namorado, marido ou filhos, eles não poderiam se ressentir da minha permanência até tarde no primeiro dia de meu próprio programa de televisão. Em especial porque, se eu não encontrasse uma solução para o problema que criara de manhã, podia afundar o programa para sempre.

Por fim, porém, o restante da equipe me deixou sozinha nos corredores tortuosos do estúdio e, à medida que as salas iam escurecendo e se silenciando em volta de mim, comecei a me perguntar o que as telas de minha sala tinham a oferecer que meu laptop em meu apartamento não fizesse. Então, era comida chinesa delivery e pijama. Encaixotei o resto dos testes e saí.

Cheguei ao saguão, equilibrando arquivos, minha pasta e a caixa de joias de DVDs. Meu amigo segurança também tinha ido embora. Mas eu não estava inteiramente só.

— Olá — disse uma voz. — Ora, se não é a Fã Número Um de Mike Pomeroy.

Eu me virei. O jovem bonito do elevador estava passando pela porta da frente, com um saco de comida nas mãos.

— Ah, meu Deus, que coisa constrangedora! Nem acredito que você viu aquilo. Talvez eu precise te matar.

Ele ergueu as sobrancelhas.

— Meu nome é Becky Fuller — eu disse.

— Espere um minutinho. — O cara estendeu a mão. — A produtora que fritou McVee? Você já é uma lenda. Acredito que você *pode mesmo* me matar se eu sair da linha. Meu nome é Adam Bennett. Sou produtor do 7 *Days*, lá em cima...

Apertei a mão dele.

— Mas, então — continuou ele —, dizem por aí que você está procurando um novo âncora. — Ele olhou os DVDs no alto de minha pilha. — Ah, não, esse cara? Não pode usá-lo. Ele é praticamente o Mr. Ed.

— Não é tão ruim assim — eu disse, mas não conseguia convencer nem a mim mesma. — Quer dizer, desde que a gente se lembre de manter a mão aberta quando o alimentarmos com uma cenoura.

Adam riu.

—Você sempre trabalha até tão tarde, ou faz bico em um programa da noite?

— Não — eu disse. — Bom, às vezes fico até tarde. Sim. Basicamente, sim. Muitas vezes.

Ele riu de novo e abriu a porta para mim.

— Boa sorte, Becky Fuller.

— Obrigada, Adam Bennett. — Passei pela porta, depois parei na rua por um momento e o olhei através do vidro. Outro blusão por fora da calça, o cabelo desordenado pelo vento na praça. Um cara bonito. Aposto que ele também sabia disso. Aposto que ninguém era insolente com ele numa reunião de equipe. Aposto que sua vida amorosa botava a minha no chinelo.

Deixa isso pra lá, Becky. Eu sabia que era melhor ir para casa, eu tinha uma longa noite pela frente.

Em meu apartamento, larguei a caixa, tirei os sapatos aos chutes e remexi minha comida General Tso enquanto via a correspondência. O lixo de sempre de apartamento novo: ofertas para trocar meu provedor da internet, serviços de limpeza, cartões de crédito. Nem mesmo um catálogo para me distrair da tarefa que tinha pela frente.

Talvez pudesse dedicar um tempinho à arrumação do resto de meu apartamento, mas eu já havia decorado a maior parte do espaço disponível nas paredes. Uma das desvantagens de trocar Nova Jersey por Nova York era acostumar-se ao espaço em Manhattan. Não que minha falta de metro quadrado importasse muito. Eu podia estar pagando uma parcela imensa do meu salário ridículo por algo pouco maior que um armário, mas podia bem ser um depósito, a julgar pelo uso que eu lhe dava. Eu não daria exatamente jantares aqui. Nem teria ficadas de fim de semana com um amante dedicado.

E, com essa ideia em mente, terminei o resto do jantar e joguei fora a embalagem. Tudo bem, foi uma boa pausa. Agora, de volta ao trabalho.

Dois dias e 86 testes depois, porém, eu começava a me perguntar exatamente quantas fotos de meus pés teria de dar a Paul McVee para que ele voltasse. Quanta humilhação eu poderia me obrigar a suportar para evitar que o programa se desintegrasse?

Nessa noite, eu estava analisando testes com Lenny por telefone. Com ou sem mulher e filhos, vez ou outra o cara ia precisar trabalhar até tarde.

— O sujeito dos esportes de St. Louis não é tão ruim — disse Lenny. — Vamos vê-lo de novo...

— Não — eu o interrompi. — Precisamos de alguma seriedade.

— Colleen não nos dá isso?

— Precisamos que as pessoas confiem na gente — continuei, ignorando o comentário. — Se alguma coisa acontecer durante a transmissão, precisamos cobrir com credibilidade.

Lenny riu.

— Acha que pode realmente fazer cobertura ao vivo? Meu Deus, que gracinha!

— Prepare-se — eu disse. — Porque vai ficar muito mais sério. Vou fazer deste programa um concorrente sério ou vou morrer tentando.

— Estou a ponto de acreditar nisso — ele suspirou. — Espere um minuto, tenho que dar boa-noite às crianças.

— Agradeça a elas por me emprestarem o pai esta noite. Desculpe por manter você ocupado até tão tarde.

— Eu direi.

Enquanto Lenny cuidava dos seus deveres familiares, voltei aos testes. O palhação de Sacramento. A vítima de cirurgia plástica de Miami. Aquele cara de Pittsburgh... Peraí. Eu não me lembro de Pittsburgh. Fiquei com esse DVD. Apareceu uma paisagem nevada, junto com um jovem repórter vestindo sobretudo de lã e um cachecol enrolado quase até o nariz.

"Milhares se reuniram para ver se a pequena criatura veria a própria sombra", murmurava o repórter através do cachecol. Ele olhou a tela, como se fizesse um esforço para enxergar alguma coisa escrita atrás da câmera. "E, infelizmente para nós", continuou ele por fim, "segundo Punxsutawney Phil, este inverno amargo está longe do fim."

Mas este teste estava bem perto. Inclinei-me para a frente e ia apertar "ejetar".

"É com você, Mike", disse o cara, enquanto o vídeo cortava para a mesa do estúdio. O âncora era Mike Pomeroy, que, só por um segundo, abriu um sorriso malicioso e revirou os olhos.

Eu ri.

— Voltei — disse a voz de Lenny no meu ouvido. — Qual é a graça?

"Ontem", disse Mike, com o comportamento assumindo seriedade, "o departamento de Estado emitiu um comunicado sobre segurança de alto nível sobre a proliferação de armas nucleares em Estados irresponsáveis."

— Hummm... Perdi alguma coisa brilhante?

Parei o DVD. Na tela, Mike Pomeroy segurava uma ficha e olhava seriamente para a câmera.

— Becky?

Analisei a imagem de Mike Pomeroy, um vislumbre de verdadeiro locutor enfiado no final do teste de um aspirante. A justaposição não fazia nenhum favor a Punxsutawnew Putz.

— Terra chamando Becky — brincou Lenny enquanto Mike começava a entrevistar um secretário de Estado. — Está aí? Qual é a graça? Voltou para o cara de cavalo?

— Não — eu disse, enquanto Mike colocava a autoridade contra a parede, falando de urânio enriquecido. — Mas acho que encontrei um puro-sangue.

E corri para contar a novidade a todos. A secretária de Jerry Barnes disse que o chefe estava em um evento de caridade no Met e eu o encontrei, de smoking e impaciente, esperando para entrar com a esposa loura e impecavelmente conservada. Ele, por acaso, não ficou nada impressionado com minha ideia genial.

— Deve estar brincando comigo. — Ele olhou para a mulher, que começou a bater os saltos de grife na calçada. — Estou começando a desconfiar de que Oscar me mandou você como uma espécie de pegadinha.

— Já tem Pomeroy sob contrato, não é? — argumentei. — Não ia custar nada.

— Também não resolve necessariamente nada — disse Jerry. — Ele é inútil.

— É um locutor de calibre mundial...

— Devia fazer matérias para nossas revistas — disse Jerry.

— Não conseguimos usar nada que ele nos deu.

— Nada? — perguntei. Não usar nadica de gente como Mike Pomeroy?

A expressão de Jerry ficou azeda.

— Uma série de oito partes sobre as Nações Unidas, uma entrevista com um comandante pashtu, um segmento sobre microfinanciamento na Ásia? Tenha dó. Quem liga?

Bom, ninguém... *Ainda*. Mas eles não ouviram o modo como só Mike Pomeroy pode contar a história.

A mulher de Jerry parou de bater os saltos para dar suspiros óbvios de impaciência.

— Jerry...

Ele ergueu um dedo.

— Um segundo.

— Mas é claro que será só um — ela disse com a voz arrastada, sem se convencer. Voltou os olhos duros para mim.

— Então está pagando a ele só para ficar sentado lá? — perguntei. — Deve haver milhões por receber no contrato dele. Um repórter com esse talento...

— Becky — disse Jerry. — O estresse já está afetando você?

— Pomeroy foi o repórter de cada matéria importante das últimas três décadas com integridade e coragem. Foi nosso único âncora a descer no Ground Zero naquele dia. Vi a audiência dele. É inacreditável. E você já está pagando.

Jerry olhou para mim por um longo momento, como se estivesse se perguntando até que ponto eu estava maluca.

— Tenho que ir — disse ele por fim, virando-se para se afastar. — Podemos discutir isso no trabalho amanhã.

— Quero dar uma olhada no contrato dele — insisti. — Mas preciso de sua autorização. Deixe-me ver se há alguma coisa ali. Por favor.

Jerry parou.

—Vamos lá — eu falei mais manso. — O que você tem a perder?

Ele me olhou de novo.

— Não, a pergunta certa é o que *você* tem a perder? Vou entrar nesse jantar de caridade. Minha esposa comprou uma mesa que vale um ano de mensalidade na faculdade em que você nunca se incomodou em se formar. Talvez, se tivesse feito mais alguns cursos de televisão, teria aprendido que não pode ter um noticiário sem âncora. Talvez você tenha de deduzir o quanto seu precioso moral vai cair quando estiver produzindo um sem âncora.

E *podia* ficar pior do que isso? Senti que devia lembrar a Jerry que ainda tínhamos Colleen. Mas é claro que não podia ficar assim. Eu não precisava ir para a faculdade para saber que os noticiários matinais precisavam de dois apresentadores — que as picuinhas eram o grande motivo para haver audiência. Mas não era esse o argumento de Jerry e, de qualquer forma, não resolvia meus problemas. Melhor ser legal e conseguir o que quero.

— *Eu vou* tomar uns drinques fortes e fingir filantropismo a noite toda. E *você* quer passar a noite vendo um contrato que, mesmo que possa encontrar sua preciosa brecha, não vai lhe adiantar nada, porque não há nenhum jeito de Mike

Pomeroy ajudar em seu programa matinal. E isso mostra que precisa de ajuda. Desesperadamente.

Engoli em seco. Seja boazinha. Seja boazinha, seja boazinha, seja boazinha.

— Então eu devo dizer não — continuou Jerry. — Porque o que você realmente precisa fazer agora é ou encontrar alguém novo de uma de nossas afiliadas, ou achar um jeito de trazer Paul McVee de volta. Pode envolver um sutiã push-up.

Cruzei os braços. *Seja boazinha.*

—Você *deve* dizer não? — repeti.

— Devo.

— Mas vai dizer sim? — Reprimi minhas mãos, que queriam aplaudir.

— Acabei de fazer isso, não foi? — Ele sacou o BlackBerry para mandar a ordem para os contratos de Mike. — Ave-Maria, Becky Fuller! Mas, seja lá como for, você terá um âncora lá na segunda ou estará acabada.

— Isso! — exclamei. — Eu terei! Obrigada!

A Sra. Barnes revirou os olhos para nós dois.

7

Eu sabia de fonte segura que, desde que começara a ganhar dinheiro em troca de nada com seu contrato na IBS, Mike Pomeroy aumentara seu horário de caça. Ao que parecia, todos os boatos sobre suas armas eram verdadeiros. Hoje, suas presas eram os faisões numa pequena propriedade rural nos arredores da cidade. Essa não era minha praia. Não, eu gostava da carne embalada em recipientes adequados de isopor e plástico. Mike, evidentemente, preferia a dele ainda embalada em penas.

Um hobby bem interessante para um sujeito que um dia teve uma briga feia com o presidente da Associação Nacional de Rifles na TV ao vivo. Mas eu achava que ele faria concessões a instrumentos de caça que não fazia a rifles de assalto. Também havia uma diferença clara entre atirar em animais e atirar em pessoas.

Será que eu devia ter colocado um daqueles coletes laranja berrantes?

Encontrei Mike Pomeroy perto do rio, vestido numa jaqueta militar enlameada com cotovelos gastos, agarrado a um rifle. Olhava para cima, varrendo o céu cinzento e mosqueado em busca de faisões.

O campo era pontilhado de pedras e buracos, o que me dificultava avançar pela turfa macia e lamacenta. Talvez eu devesse ter pensado em usar tênis nesta pequena missão. Ah, que fosse, agora era tarde demais! Além disso, dificilmente Mike Pomeroy se importaria com calçados apropriados.

Mas eu nunca o vira da cintura para baixo na televisão. Pelo que eu sabia, ele podia ser viciado em huaraches.

— Com licença, Sr. Pomeroy?

Ele se virou, de arma na mão, e deu um pulo para trás. De repente, guardava uma semelhança muito maior com os soldados armados com que se imiscuísse no Afeganistão do que com o âncora de noticiário noturno de terno.

— Mas quem diabos é você? — ele rosnou. — Vai assustar as aves!

— Sou Becky Fuller — respondi rapidamente, levantando as mãos, rendendo-me. — Nós nos conhecemos outro dia no elevador, lembra-se?

— Não. — Ele voltou a atenção para o céu.

Bom, talvez fosse vantajoso para mim que ele não se lembrasse da minha humilhação. Respirei fundo e tentei não pensar em Dick Cheney e nas estatísticas de morte acidental por tiros.

— Sou produtora do *Daybreak* e, humm, estamos procurando um novo âncora no momento.

— Então o que — perguntou ele sem olhar para mim — está fazendo aqui?

— Engraçado o senhor perguntar...

Ele girou e se afastou, pisando duro.

— Vá embora.

— Me ouça um pouco. — Eu o segui. — O programa tem muito potencial.

Ele bufou.

— Estamos recomeçando, basicamente, e com um âncora tão estimado e respeitado como o senhor...

— Vá embora, vá embora, vá embora — disse Mike, ainda olhando para cima.

Como eu era praticamente 30 centímetros mais baixa do que ele, não sabia o que fazer para recuperar sua atenção. Criar asas, quem sabe? Talvez eu alugasse um avião e sobrevoasse a área. A faixa no céu podia dizer: "Ei, Mike: já pensou no *Daybreak*? Ligue para Becky!"

Ou não.

— E estamos montando um novo formato, um...

— Olha aqui, tiete — sussurrou Mike, e parou.

Eu sorri para ele, cheia de expectativa. Então, ele *se lembrava* de mim no elevador. Quem sabe até ficara lisonjeado?

— Eu disse *vá embora*. — Ele apontou e disparou para o céu.

Eu soltei um pequeno grito.

— É melhor torcer para eu ter acertado. — Mike partiu para uma moita próxima e trotei para acompanhá-lo, mais do que um pouco preocupada que, da próxima vez que a arma de Mike disparasse, ele estivesse apontando para algo sem penas.

— Olha — eu disse enquanto arrastávamos os pés pelas folhas e Mike olhava debaixo dos galhos e arbustos, procurando pela ave. — O senhor foi jornalista a vida toda, desde seu jornal da escola. O *Beaverton Bee*.

— Mas você é o quê? — disse ele, parando por um momento para me olhar. — Está me perseguindo?

Não, eu estava no ramo de noticiários. Sabia pesquisar. Bom, eu sabia mexer no Google, pelo menos.

— O senhor deve sentir falta das reportagens. Os últimos acontecimentos... Deve matar não estar lá fora.

Mike se curvou na moita e pegou um faisão morto. Eu virei a cara.

— Eu podia — disse ele. — Mas você também não está lá, uma vez que os noticiários matinais *não fazem notícia*. — Ele torceu o pescoço da ave. Ouvi um estalo e fiz uma careta.

Eu contei a alguém que vinha aqui, não contei? Agora havia uma notícia e tanto. Quer dizer, se alguém descobrisse o corpo mutilado de uma produtora de programa matinal na mata depois de ela ter irritado um famoso ex-âncora de telejornal que portava um rifle. O olhar de Mike era sombrio o bastante para me fazer perguntar se isso estava verdadeiramente fora do reino das possibilidades.

— *Daybreak...* Meu Deus! — Ele enfiou o faisão morto na jaqueta e continuou andando. — Metade das pessoas que assistem a seu programa perdeu o controle remoto e a outra metade espera que a enfermeira venha virar seu corpo.

— Mas são espectadores muito fiéis — eu disse.

Ele parou e me olhou de forma crítica. Atrevi-me a esboçar um sorriso e, por um momento, pensei que ele podia me dar ouvidos. Depois ele balançou a cabeça e continuou andando.

Eu o segui enquanto ele saía da moita e voltava para a trilha. Perguntei-me se o faisão na jaqueta estava sujando toda a camisa de sangue. Perguntei-me se ainda estaria quente.

— O senhor não precisa me dizer que não temos audiência. Por isso, acho que precisamos do senhor. Acho que o senhor seria um belo atrativo para o público que gostaríamos de ver sintonizando no *Daybreak*. E vamos encarar a realidade: quando feitos corretamente, os noticiários matinais podem atrair um público imenso...

— Se eu quisesse voltar — disse Mike —, conseguiria o lugar que eu escolhesse.

— Mas não pode trabalhar para outra rede por mais dois anos — lembrei a ele.

— E, nesse meio-tempo, vou curtir a vida à custa da IBS. — Ele levantou a arma e gesticulou para a vista nublada do campo e do regato. Também havia um pequeno pântano notadamente fedorento.

A maioria das pessoas não curte a vida numa praia de areias brancas no Caribe? Não, eu sabia qual era a de Pomeroy. Se ele não estivesse interessado em fazer noticiários, não ficaria zanzando pelos escritórios da IBS naquele dia. Estava farejando trabalho — trabalho com jornalismo.

Eu sabia exatamente como era isso.

Mas a carranca de Mike mostrava que ele não me considerava uma alma gêmea.

— No final aqueles babacas desfazem o melhor departamento de notícias da história e me demitem sem motivo algum.

Minha testa se franziu.

— Sem motivo algum? E chamar o secretário de Defesa de imbecil?

Mike levantou a mão, em protesto.

— Ele mentiu para o país todo...

— Ele é político — argumentei. — O senhor já conhecia os políticos, não é mesmo?

— ... e o pior — disse Mike —, ele mentiu na minha cara.

Concordei com esse ponto, mas enquanto Mike estava prestes a prosseguir, respirei fundo e avancei na frente dele.

— Tudo bem. Eu não queria fazer isso. Não queria mesmo.

— Então não faça.

— Analisei seu contrato com advogados. E o senhor tem razão. Eles têm de pagar pelos dois anos que restam. A não ser...

Ele me lançou um olhar que me fez começar a imaginar aquelas cenas de CSI de novo. Mas enfrentei o meu pavor.

— ... a não ser que tenham se passado seis meses sem que o senhor apareça no ar em qualquer função. Depois disso, se a rede lhe fizer uma proposta oficial e o senhor não aceitar, pode encerrar o contrato.

O estalo que ouvi foi de Mike destravando o rifle? Os rifles têm travas de segurança?

— E os 6 milhões de dólares que o senhor ainda tem por receber — concluí.

A expressão de Mike Pomeroy era verdadeiramente apavorante. Uma expressão que vi quando ele entrevistou o padre que roubou o fundo de aposentadoria da paróquia. Aquela que ele mostrou para o fabricante que colocava chumbo em brinquedos para bebês. A que ele usou para levar às lágrimas um líder de culto isolacionista ao vivo pela televisão.

Endireitei o corpo e puxei a bainha do meu casaco.

— Então aqui estou eu com uma proposta oficial: Mike Pomeroy, a rede IBS lhe oferece o cargo de coapresentador do *Daybreak*.

É, ele ia me matar. Pelo menos daria uma boa matéria para a equipe do *Good Morning, New Jersey*. Chip provavelmente ganharia um Pulitzer.

— Não pode fazer isso comigo.

Empinei o queixo, mas tinha certeza de que aqueles olhos castanhos estavam ardendo.

— Posso, sim.

— Tem alguma ideia do que acontece no mundo agora? Sabe que tipo de carreira eu tive? E quer que eu faça matérias sobre torta Alasca?

— Eu...

— Eu nem mesmo quero pronunciar a palavra "Alasca" na televisão, exceto se for seguida de uma de três coisas. — Ele levantou os dedos para contar. — Oleoduto, terremoto ou governador. — Ele olhou o terceiro dedo. — Na verdade, nem esta última. Estou cansado disso.

— Precisa ter a mente mais aberta — eu disse. — É claro que os noticiários matinais têm uma gama de matérias mais ampla do que...

— "Gama mais ampla" — Mike me interrompeu. — Que belo eufemismo! — Ele se inclinou. — Seu programa pertence ao departamento de *jornalismo*... Não entende isso? O jornalismo é um templo sagrado e você, Becky Fuller, faz parte da cambada que está estragando tudo com essa *bosta*.

Fiquei sem fala. Mike Pomeroy acabara de chamar toda a minha carreira de bosta. Recuperei o fôlego, sentindo que havia levado um murro. Não devia acontecer desse jeito. O Mike Pomeroy que eu conhecia jamais usaria uma palavra como "bosta".

É claro que o Mike Pomeroy que eu conhecia era transmitido por uma caixinha em minha sala de estar, e não estava parado na minha frente, em carne e osso. Se ele usasse uma palavra como esta no ar, a Comissão Federal de Comunicação o acalmaria com uma multa enorme. Aprendi muito rápido que a cara que Mike Pomeroy mostrava ao mundo tinha tanto a ver com o homem real quanto a Barbie Colleen Peck gostava de retratar.

— Isso não é justo — argumentei, quase antes de perceber o que falava. — A primeira meia hora do programa matinal é de transmissão de um bom noticiário.

— Meia hora — disse Mike. — Calma, benzinho.

— E também temos entretenimento e previsão do tempo... Tudo que um jornal sempre fez. O que há de errado nisso?

Mike balançou a cabeça, enojado, colocou o rifle no ombro e se afastou de mim.

Eu o segui.

— Somos como um vizinho bem informado, aparecendo para conversar com as pessoas pela manhã...

Ele andou mais rápido. Acompanhei seu ritmo.

— Brokaw fez noticiário da manhã — observei. — E Charlie Gibson.

— Humpf.

— Walter Cronkite fez no início da carreira. Ele era coapresentador de um programa matinal com um boneco chamado Charlemagne...

Mike estacou. Incrível: eu finalmente o afetara. Sabia que daria certo jogar Cronkite na discussão.

Ele me fuzilou com os olhos.

— Então — disse ele, a voz muito baixa —, *arranje um boneco.*

Hummmm. Acho que não.

Na manhã seguinte, refleti que talvez fosse bom que Mike não tivesse aceitado minha proposta. Afinal, tentei vender a ele a ilusão de que o *Daybreak* era um ótimo lugar para uma ou outra matéria forte. Mas o que estávamos cobrindo hoje?

Papier mâché.

Uma porcaria de *papier mâché* e, a julgar pelo olhar de Colleen sempre que a câmera cortava, nem ela ficou impressionada com o tema. Eu duvidava que ela quisesse que suas unhas se estragassem com pedacinhos de jornal ensopado. E, sinceramente, não podia culpá-la.

Mas, como sempre, Colleen não perdia o foco. Estava radiante de fascínio fabricado com nossa especialista em artesanato enquanto a mulher explicava por que o set de *Daybreak* estava tomado de tiras de papel, tigelas de cola e água, e calombentas obras de arte pintadas em cores vivas.

"O bom do *papier mâché*", gorjeava a especialista em artesanato — que eu começava a desconfiar que devia ter tomado uma dose alta de algum estimulante —, "é que é barato e usa coisas que você já tem em casa. Você pode fazer globos, chapéus" — a expressão de Colleen revelou um microssegundo de horror à ideia de o *papier mâché* tocar seu penteado louro — "até *piñatas*!"

"Puxa vida, *piñatas*!", Colleen abriu um sorriso largo para a câmera. "Agora, '*macher*' significa 'mastigar' em francês, mas não vamos comer nada disso, não é?"

"É claro que não", respondeu a artesã. As duas começaram a rir como idiotas. Tomei nota para acabar com qualquer piadinha que tivesse a metade da estupidez desta.

"E a seguir", disse Colleen. "Você ouviu sua música. Hoje vamos ouvir sobre sua gula. Fique conosco enquanto assamos brownies com o chef pessoal de Celine Dion."

Perguntei-me se alguém lá fora engolia a ideia de que Celine Dion se disporia a ingerir um brownie.

"Isso e muito mais, a seguir no *Daybreak*." Enquanto a luz da câmera apagava, o sorriso de Colleen foi substituído por um olhar de puro nojo.

— Alguém tire essa coisa de mim! — disse ela, agitando as mãos cobertas de gosma. Um contrarregra correu com um pacote de lenços umedecidos.

— Tudo bem — eu disse, juntando-me a ela no se — Não temos tempo para a mesa na última parte, então só vamos com o pacote...

— Você está bem? — Colleen estendeu a mão recém-limpa, como se quisesse me reconfortar.

— Como?

— Não se anime. — O tom de Colleen era desdenhoso. — Nunca vai consegui-lo. Todos nós sabemos disso.

Hein?

Ela entendeu minha expressão.

— Pomeroy — esclareceu.

— Como sabia disso?

— Todo mundo sabe — disse ela. —Você demitiu meu coâncora. Não acha que eu estive de olho para saber que outro macaco amestrado pretendia trazer para cá?

— Mike Pomeroy não é um...

— É verdade, mas ele também não virá trabalhar nesta feirinha de variedades. Especialmente quando precisa trabalhar para alguém como... Bom, você.

— Caramba, obrigada.

— Não me entenda mal — disse Colleen, olhando as unhas para ver quanto dano o artesanato havia produzido. — Ele foi uma escolha corajosa da sua parte. Eu, pelo menos, teria recebido Mike de braços abertos, mas...

Ela estacou e olhou por sobre meu ombro. De repente, percebi que todo o estúdio tinha se imobilizado. Será que a câmera estava ligada? Estávamos partilhando essa pequena conversa com a população do mundo — ou pelo menos com os poucos que sintonizavam no programa?

Mas não. Eu me virei e lá estava Mike Pomeroy, tão deslocado no set de *Daybreak* como um animal selvagem no meio da Park Avenue.

Ele também deixava minha equipe nervosa. Aproximei-me dele lentamente.

Mike falou sem preâmbulos.

— Ganhei oito Peabodies, um Pulitzer, 16 Emmys, levei um tiro no braço na Bósnia, tirei Colin Powell de um jipe em chamas, pus uma compressa fria na testa de Madre Teresa durante uma epidemia de cólera, *almocei* com Dick Cheney...

—Você está aqui pelo dinheiro — eu disse.

— É isso mesmo.

Estendi a mão e Mike a apertou com cautela.

— Então — perguntei, enquanto o gerente de palco começava a fazer a contagem regressiva para entrar no ar. — Por acaso tem essa história com a Madre Teresa gravada? Seria uma ótima chamada.

Colleen arfou para nós.

— Ah, *merda*!

A luz de câmera no ar estava acesa. Ela entrou rapidamente em sua *persona* de palco, sorrindo como manteiga que não derretia em sua boca e dirigindo-se a nossos espectadores.

"Bem-vindos de volta a *Daybreak*, pessoal."

Bem-vindos de volta, pensei, *e não toquem nesse controle remoto. As coisas estão prestes a ficar interessantes.*

— Tomei a liberdade de trazer este adendo ao meu contrato — disse Mike, entregando-me uma pilha nada insignificante de papéis.

— Um... adendo? — gaguejei.

Ainda no ar, Colleen esforçou-se para ler o teleprompter enquanto entreouvia nossa conversa.

— Claro — disse Mike. — Afinal, você está me obrigando a isso pelos termos do meu contrato. Pensei em retribuir o favor.

— Sei. — Folheei a papelada. Dez páginas. *Dez*. Lenny ia me matar.

— Observe, por favor, que há mangas Champagne na página 6 — disse Mike, praticamente animado. — Não são Haden. Estas são fibrosas demais para o meu gosto.

— Mangas — repeti, inexpressivamente. E mobília de couro na página 3. E isso aqui era... Um orçamento para gravatas?

— Onde fica meu camarim? — perguntou Mike Pomeroy. *É melhor que isso valha a pena*, alertei a mim mesma.

"Fiquem conosco", disse Colleen, meio rápido demais, "para as dicas de como vocês também podem travar uma batalha contra a gordura."

Será que essas dicas incluíam frutas tropicais?

As horas seguintes foram devoradas por um torvelinho de atividades enquanto Lenny, os assistentes de *Daybreak* e todos os estagiários que conseguimos arregimentar corriam para reformar o camarim de Paul — primeiro passo: jogar fora a cama de armar — e atender aos termos do adendo ridículo de Mike. Eu sabia que cada um deles passaria a noite reclamando junto a um copo de cerveja.

Não me importava. Mesmo que eu tivesse alguém com quem desabafar, esta seria a primeira vez desde que assumira o barco do *Daybreak* que ele não ia me ouvir choramingar. Eu pegara *Mike Pomeroy*. Ele seria âncora do meu programa.

Meu. Programa.

— Meu programa — disse-me Colleen assim que saiu do ar. — Mas o que são essas exigências dele, exatamente? Meus âncoras anteriores e eu sempre tivemos uma divisão justa do que íamos cobrir. Ele vai fazer culinária? Segmentos de moda? Fofoca? — Ela agitou as mãos. — *Papier mâché?*

— Bom... — eu disse. Estávamos andando pelo corredor para o camarim dela e eu tentava manter seus resmungos num rugido baixo, pelo menos até que estivéssemos em segurança, atrás de portas fechadas.

— Ele vai ter óctuplos de 3 anos vomitando em cima dele, como eu tive no ano passado? — ela choramingava.

Eu a conduzi ao camarim.

— Colleen — eu disse. — O que mais respeito em você é que você colabora muito.

— Ah, meu Deus! — Ela desabou na cadeira de frente para a penteadeira. — Não gosto do rumo que essa conversa está tomando.

— E você sabe tão bem quanto eu que Mike Pomeroy vai aumentar muito a audiência deste programa.

— Então eu sou café pequeno, é o que está dizendo. — Colleen girou na cadeira e se olhou no espelho. — Talvez, se eu tivesse pés de galinha e um pênis e tivesse tirado a Madre Teresa de um jipe em chamas ou sei lá o quê...

— Colin Powell no jipe. Madre Teresa na epidemia de cólera.

— O coronel Mostarda na biblioteca com um revólver! — disse Colleen com um gesto. — Quem liga para isso? Não diga... Milhões de espectadores, estou certa?

— A esperança é a última que morre — eu disse.

— Sabe o que eu odeio? — disse ela. — Esses âncoras homens podem continuar envelhecendo e o que eles ganham é "seriedade". — Ela fez aspas no ar. — O que eu ganho é ibope em queda.

Assenti com solidariedade para ela.

— Também sou jornalista, sabia? — disse ela.

Mais ou menos. Mas agora era a hora de apaziguar a mulher, e não de explicar a Colleen a diferença entre um ganhador do Pulitzer e uma rainha da beleza.

— O caso é o seguinte. Nos anos 1980, alguém deu a ele o direito de recusar matérias, então...

Colleen parou de olhar as pálpebras, onde buscava as rugas proibidas.

— Está brincando. Ele sabe que este é um programa *matinal*, não sabe?

— Tenho certeza — eu disse, torcendo para parecer muito mais convencida do que me sentia — de que, com o tempo, ele vai querer fazer um amplo leque de matérias.

Colleen riu sem humor algum.

— Vamos combinar, eu vou fazer almôndegas de peru com Mario Batali pelo resto da minha vida natural. Fabuloso.

Oooh, podemos receber Mario? Seria uma evolução e tanta em relação ao cara da Celine Dion.

8

É lógico que eu devia estar nas nuvens. Afinal, conseguira exatamente o que eu queria. Meu próprio programa. Numa rede de televisão. Apresentado por meu repórter de televisão preferido de todos os tempos. Era o pedido de Natal de Becky Fuller, embrulhado com uma fita grande e vermelha.

Mas Mike Pomeroy parecia decidido a me fazer pagar até o último centavo por isso.

O adendo? Ridículo. Aprovação de matéria, aprovação de chamadas, as porcarias das mangas Champagne! Só o camarim dele exige que devoremos o excedente do orçamento que aloquei para um novo mixer de som. Acho que vou ter de abrir mão de um de meus três centavos para ter o programa que eu queria. Mas se der certo... Ah, se der certo, tudo valerá a pena.

Assim espero.

Mike ficou tão enojado com o estado do estúdio quanto eu fiquei desnorteada com ele no meu primeiro dia.

— Como é que vocês conseguem não se perder por aqui? — perguntou ele, enquanto eu o guiava em um giro nada turístico.

Desviei-me de um cabo.

— Vai ficar surpreso em ver a rapidez com que vai se acostumar.

Ele não pareceu se convencer.

— Suas acomodações na Bósnia eram mais bonitas, entendi direito? — perguntei.

— Ah, sei — disse ele. — Você está comparando seu estúdio de televisão de Manhattan com uma nação bombardeada e dilacerada pela guerra que sofreu genocídio em massa. Não só é apropriado, mas incrivelmente sensível de sua parte.

Nisso, eu concordo.

— Está aqui para fazer jornalismo, Mike, não para férias num spa.

— Estou aqui para me fazer de babaca em rede nacional — corrigiu ele.

— Seis milhões de dólares — cantarolei.

Ele suspirou.

— Pelo menos instalou o bar?

Ignorei a pergunta e continuei.

— O camarim de Colleen fica no final do corredor. Ela está muito ansiosa para ver você.

Não era exatamente a verdade, mas também não era uma mentira deslavada. Como todos os funcionários do *Daybreak*, Colleen sentiu-se aliviada ao ver que havíamos preenchido o cargo de coapresentador. Ela só não ficou emocionada com o pacote que o acompanhava. Eu queria fechar os dois num quarto até que eles se entendessem, mas temia que o banho de sangue exigisse a procura de *dois* novos apresentadores.

— Ótimo — disse Mike. — Fico feliz em ouvir isso.

É mesmo? Sorri para ele, surpresa. Ah, ora essa, talvez afinal tudo dê certo. Parei na frente do camarim de Colleen. Mike continuou andando.

— Humm... — Apontei a porta de Colleen. Mike parou na frente da dele.

— Este é o meu?

— Sim — eu disse. — Mas Colleen está esperando...

Mike abriu a porta e olhou seus novos domínios. Fui atrás dele.

— Você me comprou todos os jornais — disse ele, com aprovação. — E o mixer. E o prato de frutas tropicais. Espero que tenha se lembrado da questão da manga.

— Bom — eu disse com o tom seco —, você foi claríssimo no adendo.

Ele se sentou na cadeira mais próxima, descansou os pés na penteadeira e pegou um monte de lichias.

— Se Colleen quer me ver, estarei bem aqui. Pode me passar o *Washington Post*? Já li o *Times*.

— Mas...

— Tudo bem. Pronto. — Ele ergueu as sobrancelhas, depois voltou sua atenção para o jornal.

Corri para o camarim de Colleen.

— Onde está o Mike? — perguntou ela.

— Ah — eu disse, num tom despreocupado. — No camarim dele. Vamos até lá dar um alô.

Não colou. Colleen me olhou como se eu fosse louca.

— Pensei que ele viesse aqui me conhecer.

— Ah, bom... — Procurei por uma desculpa. — Ele está se adaptando, sabe? Seria gentil da sua parte passar lá para dar as boas-vindas ao...

— Não — ela declarou. — Ele é que tem de vir aqui.

É verdade. Assenti e girei nos calcanhares.

No camarim de Mike, encontrei-o explorando a papaia e um artigo sobre o Iêmen.

— Oi, Mike — eu disse, imbuindo minhas palavras de uma cordialidade que não sentia. — E aí?

— Andei pensando — disse ele — sobre a pintura daqui. Não é muito relaxante, não é?

— É bege — falei simplesmente.

— Hummmmmm. — Ele descascou a manga. — Que tal algo mais parecido com isso?

Eu o fuzilei com os olhos.

— Quer ter a fama de *prima donna* nesta rede, Mike? Posso tornar seu desejo realidade.

— Não pode, não — respondeu ele. — E não faria isso, mesmo que pudesse.

Nessa ele me pegou.

— Tudo bem — eu disse. — Podemos discutir cores de tinta depois de você ver Colleen. Acho que vai adorar o que ela fez no camarim *dela*.

— Não — disse ele. — Acho que vou ficar por aqui. Ela pode vir e me contar do camarim dela, se quiser.

Resisti ao impulso de bater pezinho feito uma criança.

— Não precisa ter pressa — acrescentou ele, voltando ao jornal.

Fui para o camarim de Colleen.

Ela me recebeu na porta.

— *Não*.

E, voltando ao de Mike, ele deu uma olhada na minha cara de frustração e quase explodiu de rir.

—Você disse a ela que eu tinha *papaia* aqui?

Lembrei a mim mesma de que Mike Pomeroy era um dos melhores locutores da história enquanto me arrastava de volta ao camarim de Colleen para dar o recado da papaia. Como se adiantasse alguma coisa...

— Ele tem um *prato de frutas tropicais*? — Colleen guinchou. — Mas é tão típico! Faço todo o trabalho por aqui e sou a única com o menor camarim, o salário menor, o menor...

— Ego? — sugeri com doçura. — Tem toda razão. Você trabalha muito. E agora só estou te pedindo para...

— Nem acredito que ele está pisando em mim desse jeito. — Ela virou a cabeça e se olhou no espelho. — E é um tanto estranho que ele não seja digno de vir me conhecer agora. Ele estava bem entusiasmado com a ideia no último Jantar dos Correspondentes.

— Como é?

— É isso mesmo! — exclamou Colleen. — Quando ele pegou minha bunda e me perguntou se eu queria ir ao quarto de hotel dele para um pequeno...

Lancei as mãos para cima.

— Chega! Não preciso ouvir mais nada.

— Porque ele é o *seu* herói — disse Colleen, com um olhar de desdém.

— Porque ele está sendo muito infantil e você também. — Suspirei. — Olha, ele é um babaca. Nisso, eu concordo com você. Mas você, minha cara, é a apresentadora de um programa matinal que na semana passada foi batido por uma reprise de *Sanford and Son* da TV Land.

— Está brincando. — Mas ela parecia derrotada.

— Então, infelizmente para você, e mais infelizmente ainda para mim, vamos ter que aguentar o homem, porque, sendo ou não babaca, ele é *nossa única esperança*. Assim, sugiro que levante a cabeça e entre lá.

O olhar que ela me lançou com as palavras "levante a cabeça" fez lembrar que não só ela já sobrevivera a meia dúzia de âncoras homens, como também que agora estávamos aquiescendo com o comportamento infantil de mais um deles.

— Belo discurso — disse Colleen. — Mas não vou lá. Pense em outra coisa.

Mais fácil falar do que fazer. Fiquei no corredor entre os camarins de meus apresentadores em rixa e tentei pensar em alternativas. Um contrarregra passou por mim.

— Ei — eu chamei. — Tem alguma fita de marcação?

Cinco minutos depois, a dez passos do camarim de Mike e dez do de Colleen, parados em dois X fosforescentes idênticos, os apresentadores do *Daybreak* estavam ali como as crianças petulantes que eram e me viam fazer um resumo da programação da semana.

— Vamos exibir as chamadas de Mike a semana toda e, na sexta-feira, finalizaremos o novo formato. Vamos precisar ensaiar a abertura, é claro, e algumas transições.

— Quem vai fazer as despedidas? — perguntou Colleen.

— O quê? — Pisquei para ela.

— No final do programa — esclareceu ela.

Dei de ombros.

— Isso não importa. Eu não ligo. — Olhei para Mike, que por toda a conversa evitou até olhar de banda para Colleen. Certamente, um jornalista da sua estatura não se bateria por uma coisinha assim. — Mike, você não...

— Eu sempre fiz isso. — Mike examinou as unhas.

— Ah, não — disse Colleen. — Fiz as despedidas pelos últimos 11 anos. Meu público espera certas coisas de mim e...

— Quem você acha que o público preferia ouvir por último? — perguntou Mike. — Alguém que ganhou cada prêmio de televisão da face da Terra... Ou a ex-miss Pacoima? — Depois ele voltou ao seu camarim e bateu a porta.

— Arizona! — gritou Colleen nas costas dele. — Eu fui miss *Arizona*!

E eu estava ficando com dor de cabeça.

Quando a equipe se reuniu para a apresentação de Mike, percebi algumas produtoras mais novas com o mesmo olhar arregalado que eu fiz na primeira vez que vi Mike em carne e osso.

Perguntei-me quanto tempo a ilusão ia durar para *elas*.

Fiquei na cabeceira da mesa de reuniões, na frente de um imenso quadro branco coberto com a programação de matérias para a semana. Aqui, enfim, eu tinha voltado a meu elemento. Discutir com *prima donnas* não era para mim. Fazer um noticiário acontecer? Isso, eu adorava.

— Muito bem — eu disse, apontando o quadro. — Então temos o Domador de Aves confirmado para terça-feira... Obrigada, Sasha.

A produtora assentiu. Eu já soubera que ela era a amante de animais da equipe. Se eu precisasse de um truque idiota de bichinhos para rechear o programa, era Sasha que eu devia procurar.

— Na quarta, teremos Al Green na praça... Mike, quer fazer a entrevista com ele entre as músicas?

— Ah, não, me deixa quieto — Mike disse com o rosto impassível.

Colleen fechou a cara, poupando-me de problemas.

— Tudo bem — disse ela. — Tanto faz.

Pus um C vermelho ao lado do Al Green.

— Então temos aquele segmento sobre segurança da água para crianças...

— Não é a minha praia — observou Mike.

Outro C vermelho.

— E o resumo dos novos programas de TV da temporada de outono...

— Ah, tá — disse Mike. Eu me animei. — Isto significa um não.

Arriei.

— Paraolimpíada?

Suas sobrancelhas entortaram.

— O que você acha?

Todos na sala olhavam dele para mim, mas, se esperavam uma reprise de meu comportamento com Paul McVee, podiam continuar no mundo da fantasia. Eu precisava de um apresentador, mesmo que ele fosse um cretino.

— Bom — disse eu, desanimada. — Newt Gingrich acaba de escrever um livro. Não iríamos fazer uma entrevista, mas...

— Ah, essa eu vou pegar — disse Mike, empertigando-se na cadeira. — Adoraria torrar o imbecil.

— Humm... — eu disse, surpresa. — Acho que... está tudo bem... — Pus um M azul ao lado de Gingrich.

Pelo canto do olho, peguei a expressão de Colleen. Irritada. Depois a de Lenny. Um misto de surpresa e decepção. Depois a de Mike.

Filho da puta convencido.

Depois da reunião, Lenny me encontrou junto à mesa do Serviço de Apoio. Os donuts, reparei, eram os mesmos de sempre.

— O que está pegando, chefe? — Lenny me perguntou.
— Contratou esse cara para fazer o quê? Uma matéria por semana?

— O que quer que eu faça? — perguntei, exasperada. Comecei a empilhar a massa no prato. Problemas assim pediam muita manteiga e açúcar. — Não posso demitir outro âncora, a não ser que a gente queira se contentar com o cara que faz contas batendo os cascos.

— Também não pode obrigar Colleen a fazer cada matéria da lista.

— Ele é Mike Pomeroy! — eu disse. — Uma lenda. Quem sou *eu* para dizer a ele o que fazer?

Lenny não falou nada. Nem precisava. É verdade: eu era a produtora executiva. E se o cara que alardeou esse emprego achasse alguma coisa indesejada em meu desempenho, eu precisaria de uma ajuda séria.

Nessa hora, a lenda em pessoa apareceu passeando, mordendo ruidosamente uma maçã. Eu duvidava de que o cara de cavalo superasse este homem. Ele me olhou longamente, avaliando-me.

Eu me empertiguei. Talvez ele tenha se impressionado com as minhas habilidades de liderança na reunião. Talvez estivesse repensando sua campanha de castigo, por obrigá-lo a fazer o noticiário. Talvez finalmente pudéssemos dar início a uma relação profissional verdadeira.

— Interessante que Jerry tenha te contratado — disse ele. Ou talvez não.

— Ah, é?

— É. — Ele deu outra mordida. — Sem verniz, sem pedigree, com esse corte de cabelo. No que ele estava pensando?

Semicerrei os olhos e pus outro pão doce na torre do meu prato. Tudo bem, Mike, pode brincar desse jeito, se quiser. Seja rude o quanto quiser, difícil o quanto quiser, rabugento o quanto quiser. Ainda vai se sentar no *meu* set e ler *minhas* notícias no *meu* programa.

— Só estava pensando — terminou ele e, sem olhar, atirou o miolo da maçã na lixeira atrás de mim. — Cesta — disse ele, socando o ar. Ele abriu um sorriso duro e se afastou.

Cesta, tem toda razão. Olhei-o ir. *Tudo bem, macho alfa. Marcou seu ponto.* Mas eu não o deixaria fugir de mim. Se ele achava que podia me irritar a ponto de demiti-lo, estava muito enganado.

A crítica de Mike Pomeroy podia ser ruim para meu moral, mas ele ainda era bom para o *Daybreak*.

— Um amor de pessoa — disse Lenny. — É de se perguntar como ele conseguiu uma fama tão ruim...

— Quer dizer que é duro lidar com ele quando se trata das matérias? — perguntei. — É só que ele tem padrões elevados.

Lenny balançou a cabeça.

— Nada disso. Tem um cara com quem ele trabalhava no *Nightly News*, sabe? Dizem que ele fez da vida dele um inferno.

— Adam Bennett? — perguntei, lembrando o que o produtor lindinho me dissera no dia em que o conheci no elevador.

— Ah, ele também? — disse Lenny.

Também? Merda.

Mike e eu logo batemos espadas depois de gravar as chamadas dele. Estávamos sentados na ilha de edição, repassando todos os clipes que havíamos preparado. Eu queria alardear muito sua nova posição. As pessoas sentiam falta de Mike Pomeroy no *Nightly News*. Se descobrissem que podiam vê-lo de manhã, mesmo no *Daybreak*, isso podia atrair seus antigos fãs.

Especialmente se ele passasse a maioria de suas manhãs torrando Newt Gingrich.

Só que agora Mike Pomeroy parecia satisfeito em ficar sentado numa sala escura vendo clipes e me enchendo a paciência.

— Tudo bem — eu disse, cansada. — Que tal este?

Apareceu uma imagem do tribunal, depois um close no rosto bonito e severo de Mike. "A seguir em *Daybreak*", trovejava a voz em off, "um dos mais lendários jornalistas de todos os tempos."

Na tela, Mike subia a escadaria do tribunal carregando uma pasta e parecendo um refugiado de um filme de John Grisham.

— Ah, pelo amor de Deus — disse um dos mais lendários jornalistas de todos os tempos. Ele se recostou na cadeira. O editor, que dava a impressão de que iria explodir em chamas se sua pele fosse exposta à luz natural, interrompeu a gravação enquanto o logo de *Daybreak* cintilava na tela.

— O que foi agora? — perguntei.

— É constrangedor — observou Mike, gesticulando para a tela. — Com essa pasta. Que diabos eu tenho ali? Documentos especiais de âncora?

— Já vimos isso *oito* vezes — eu disse, enquanto o editor bocejava e pressionava ESC.

— Além disso, estou indo para lugar nenhum — disse Mike. — Nem tem uma porta daquele lado. Eu pareço um imbecil.

— Ninguém vai assistir com tanta atenção — disse o editor, mas Mike lhe lançou um único olhar gélido. — Desculpe, senhor.

— Sabe de uma coisa? — perguntei. — Quem deu a você o direito de reprovar as chamadas estava fumando crack.

Mike deu de ombros.

— Na época eu batia a audiência de Peter Jennings. Se quisesse, podia ter prostitutas e cocaína no meu contrato.

— E se conformou com mangas Champagne? — respondi. — Bundão.

O editor começou de novo.

— Tá legal, dessa você vai gostar — eu disse. Apareceu uma imagem de Mike sentado à mesa de âncora enquanto a voz em off exaltava seu status lendário.

— Você escreveu esse, tiete? — disse Mike.

Eu o ignorei.

"Em breve", dizia a voz em off, "ele estará trazendo sua experiência para a televisão matinal." A imagem mudou para Mike entrando decidido no prédio da IBS.

Olhei, triunfante, para ele.

—Viu? Dessa vez tem uma porta.

A narração continuava. "Mike Pomeroy irá mostrar o mundo durante sua primeira xícara de café."

E... *Daybreak*. Pisca, pisca.

Virei-me para ele, sorrindo, cheia de expectativa.

Mike gemeu.

— Sua primeira xícara de café? Temos mesmo que falar nisso? Por que não dizemos só "Veja Mike Pomeroy antes de sua mijada matinal"?

O editor deu uma risadinha. E eu quase rosnei.

9

Depois de finalmente forjar uma chamada com a qual o grande Mike Pomeroy pudesse conviver, voltei à minha sala. No que foi que eu me meti? Talvez, depois de ele deduzir que fui suficientemente punida por obrigá-lo a aceitar o cargo, ele sossegue. Espero não ter cometido um erro imenso com esse sujeito.

Estava tão perdida em meus pensamentos que quase esbarrei em Adam Bennett, que esperava por mim na frente da sala. Hoje ele parecia meio produzido. Pelo menos, a camisa estava enfiada por dentro da calça.

— Olá — disse ele, sorrindo. — Só passei para lhe prestar condolências na contratação da terceira pior pessoa do mundo.

Exibi um sorriso e esperei não estar corando.

— É, bom, você até pode ter razão nisso.

— Todo mundo lá em cima está se perguntando no que você está pensando.

Abri a porta da minha sala e ele me seguiu para dentro.

— Todo mundo lá em cima ainda está falando desse programa? Que bom, então meus planos malignos estão dando certo!

Ele riu.

— Eu queria te perguntar — eu disse, largando minhas pastas na mesa —, quem são as duas primeiras piores pessoas do mundo?

— Kim Jong II e Angela Lansbury — respondeu Adam, completamente sério. — Ela sabia o que fez.

— Então — eu disse. — Você trabalhou com Mike no *Nightly News*?

Ele assentiu.

— O pior ano da minha vida. Perdi 6 quilos.

Ui. O cara não precisava perder quilo nenhum: era bem perfeito do jeito que era. Eu o vi dar uma olhada em minha sala, vendo as paredes nuas e as pilhas de papéis. Perguntei-me o que ele tinha na sala dele. Troféus de golfe, talvez? Ou ele preferia basquete?

— Todo o tempo em que trabalhamos juntos — disse ele — a única coisa de que Mike me chamava era Señor Merdão.

— Que horror! — Eu ri. — Desculpe, não tem graça. É horrível. — E hilário.

— Então agora — disse Adam — é uma hora excelente para você começar a beber. Vim para te dizer que às vezes, depois do trabalho, alguns de nós vamos ao Schiller's. Sabe onde fica... no centro?

Eu não sabia, era novata na ilha.

— Assim, se passar por lá... — Ele deixou a pergunta no ar.

— Ah, ótimo — eu disse. — Eu não saio muito, mas... Vi Lenny espreitando do lado de fora da porta.

— E... — emendei meu discurso em resposta ao olhar de estímulo de Adam. — Mas se eu estiver passando por lá, dou uma paradinha para dar um oi.

— Ótimo! — Adam ficou radiante. — Amanhã à noite? Lá pelas oito?

— Ah. Tudo bem. Parece bom.

Adam saiu, deixando-me contemplando minha falta de decoração de interiores. Talvez eu devesse arrumar umas fotos novas ou coisa assim. Uma planta, talvez? De plástico, por causa da falta de sol?

Lenny passou mais uma vez, agora carregando uma cópia de nossa programação mais recente.

— Nada mal. Enfim, você fechou a chamada de Mike e foi convidada para um encontro. As coisas estão melhorando.

— O quê? — eu disse. — Ele não me convidou para um encontro.

— Convidou, sim — disse Lenny. — Ouvi quando eu estava entrando.

— Hein? Não. Ele só falou que pode estar num lugar e... Acredite, sei quando estou sendo convidada para um encontro, e não foi isso.

— Acredite você — disse Lenny. — Sou homem. Conheço a estratégia. Foi discreta, é verdade, mas, ainda assim, foi.

— Ah, francamente — eu ri.

— Tudo bem, vamos ver o que vai acontecer depois que você for amanhã.

Olhei para Lenny. Ele me olhou.

— Porque você *vai* lá amanhã.

Semicerrei os olhos para Lenny. Ele fez o mesmo para mim.

Depois balancei a cabeça. Era tolice. E impossível. Peguei um bloco na mesa e folheei, procurando por outro assunto. Afinal, ele não precisava andar aquilo tudo para me dizer que Mike Pomeroy era um idiota. Eu já havia deduzido isso sozinha.

Na hora do almoço, encontrei duas das minhas produtoras em uma cafeteria ao ar livre, a uma quadra da IBS, para repassar algumas matérias. Sasha, a amante de animais, falava alguma coisa do azeite de dendê e de que sua produção colocava em risco os orangotangos. Uma matéria promissora, certamente, mas precisávamos de um gancho para atingir o público do noticiário matinal.

— Veja se encontra um zoológico próximo com programa de criação de orangotangos — eu disse. — As pessoas adoram bebês de micos. Vamos trazer um para o set.

— Os orangotangos são macacos, e não micos — rebateu Sasha.

— Talvez a gente possa conseguir que um deles faça cocô em Mike Pomeroy — disse Tracy, a outra produtora. Ela ainda estava magoada com os comentários pejorativos de Mike em nossa última reunião da manhã sobre sua cobertura semanal da moda. Mas confesso que precisei esconder minhas risadinhas quando ele disse que a última vez que se importou com o design de um colete foi quando estava usando um como armadura no Iraque.

— Trabalhe nisso — eu disse a Sasha, depois dei uma garfada na minha salada. Era um lindo dia de sol nas ruas de Nova York e eu planejava um noticiário com minha equipe. Tirando os problemas com Mike e o orçamento, ainda era um emprego dos sonhos. Se eu conseguisse angariar algum interesse a mais para o programa, seria o céu. Virei a página do meu bloco e o prendi com o canto de meu prato. Comer ao ar livre tinha lá suas vantagens, mas a última coisa de que eu precisava era que nossas novas matérias fossem sopradas ao vento pela Madison Avenue.

— Tudo bem, Tracy — concordei. — Nos segmentos de moda, acho que é importante interpretar as tendências da passarela para nossas espectadoras.

— Já fizemos os ajustes do orçamento desses segmentos — disse ela.

— É, mas precisamos pensar mais nisso. Temos que concentrar nossas matérias em coisas que elas realmente vestem. A média das mulheres não tem 1,80m de altura e tamanho PPP.

Mas Tracy não me ouvia mais. Sasha também parecia ocupada com outra coisa. Segui o olhar das duas e vi Adam Bennett atravessando a rua para o prédio da IBS.

— Cara, ele é lindo — disse Tracy.

— Fui colega dele em Yale — disse Sasha.

— Não foi, não! — Tracy praticamente gritou.

Sasha ergueu as sobrancelhas.

— Todo mundo aqui foi loucamente apaixonada por ele. Inclusive eu.

— Tudo bem, meninas — eu disse, agitando as mãos na frente das duas. — Será que podemos...

— Conta mais — Tracy pediu a Sasha.

— Quero falar das leggings — tentei. — Colleen disse que em circunstância nenhuma as colocaria no corpo...

— O pai dele era editor da *Newsweek* — disse Sasha —, então é claro que todos os jornalistas puxavam o saco dele. E a família da mãe dele é rica pra caramba! São donos da Tupperware ou coisa assim.

Recostei-me, surpresa. Eu mal tinha um único *pote* da Tupperware.

— Ele era da equipe de remo quando Yale venceu o campeonato nacional... — informava Sasha.

Nessa hora, Adam me viu no café e acenou. Acenei também, na esperança de que ele não me visse ruborizar do outro lado da rua. *Suas orelhas estão queimando, Adam?*

Sasha e Tracy lentamente olharam dele para mim.

—Você... o conhece? — perguntou Tracy.

— Conheço — eu disse. Bom, ao que parecia, não tão bem quanto Sasha, mas conhecia. Então, toda a história da camisa para fora da calça era relaxamento fingido de mauricinho. Eu devia saber.

— Não acha que ele é um gato? — perguntou ela.

— Se é um gato... — repeti. — Deixa ver. É? Não sei.

As duas ficaram céticas. E possivelmente com inveja.

— Então — eu disse. —Voltamos ao programa?

Eu estava mais convencida do que nunca de que beber com Adam e alguns colegas dele não era nada remotamente semelhante a um encontro, apesar da insistência de Lenny no contrário. Perguntei-me qual era a do meu produtor associado, aliás. Será que ele era só um desses caras de casamento feliz que achavam que a vida de solteiro era uma maldição? Ou eu parecia tão patética e solitária como costumava me sentir?

Seja o que for, o Sr. Remo de Yale Tupperware não tinha muito em comum comigo. Estava só sendo simpático com uma garota nova. Tentei manter a conversa focada no programa, mas não consegui deixar de dar uma última espiada em Adam enquanto ele desaparecia dentro da IBS sem olhar para trás.

É, só sendo simpático.

Minha certeza do assunto, porém, não evitou que me vestisse com cuidado extra no dia seguinte, nem que eu fizesse chapinha, nem que colocasse uma camada a mais de maquiagem e batom.

Mas, quando me olhei no espelho do banheiro antes de ir para o trabalho, gemi e tirei tudo. Podia muito bem gritar "mulher de Jersey", né?

— Belo terninho — disse Colleen enquanto nos preparávamos para seu segmento de culinária. — Já conseguiu outra entrevista de emprego?

— Ei, tiete — disse Mike —, seu cabelo está medonho hoje.

Achatei minha franja e olhei duro para ele.

Lá pelas 7 horas, Lenny bateu à minha porta.

— Vou dar o fora daqui — disse ele. — Não se esqueça de que tem aquele "compromisso" no bar esta noite.

— Estou com medo de você e de sua estranha obsessão pela minha vida pessoal.

Ele deu de ombros.

— Esqueceu um detalhe. Eu ocupei seu cargo e sei bem melhor do que qualquer outro o quanto alguém nessa posição precisa de uma válvula de escape. É autopreservação, é sério. Não quero você andando por aqui com um rifle um dia desses.

Eu dei um sorriso forçado. Não, eu deixaria esse comportamento para Mike Pomeroy.

— Então arranje um namorado ou um Boston Terrier, não me importo, mas saia daqui.

Acenei em despedida para ele, mas, assim que ele se foi, dei uma última ajeitada no cabelo, peguei a pasta e saí.

O Schiller's parecia o filho ilegítimo de um bistrô francês com uma estação do metrô. Havia um grupo de pessoas com crachás da IBS perto do bar. Adam estava entre elas e me viu de imediato.

Levantei a mão para acenar e, por acidente, atirei meu BlackBerry pelo salão. Alguns produtores riram.

Calma, Becky.

Eu estava de joelhos procurando pelo celular quando vi as pontas dos mocassins de Adam. Levantei-me, dando uma boa olhada em suas calças bem cortadas, a camisa para fora da calça e uma leve sombra de barba por fazer abaixo do seu queixo sorridente. Ele me entregou o telefone.

— Coisinha escorregadia, né? — disse ele. — Você parece uma mulher que precisa de uma bebida.

— Sim, por favor.

Adam acenou para o barman.

— Cerveja? — perguntou ele. — Ou é mulher de bebidas mais fortes? Por favor, não me diga que gosta de Cosmopolitan.

— Cerveja está ótimo — eu disse.

— Por enquanto. — Adam esperou enquanto eu fazia meu pedido. — Vai precisar de alguma coisa mais forte depois que Mike realmente começar a te afetar.

— Ah, ele já está me afetando — eu disse enquanto o barman trazia minha cerveja. — Em geral, eu bebo Sprite.

Adam riu.

— Eu quase precisei de uma intervenção antes de sair do *Nightly News*.

— Então, agora está melhor?

— Inteiramente. Além disso, o horário é melhor no *7 Days*. — Ele sorriu para mim. — Tenho que sair daqui agora.

Sair. Sair, *sair*? Cara, como ele era vago!

— Olha, vamos pegar uma mesa antes que esse lugar encha. Tem uma ali.

Olhei o grupo de amigos dele.

— Ah, não quero que você...

Ele então pôs a mão na base de minhas costas e eu esqueci completamente o que ia dizer. Adam me guiou para o reservado vazio enquanto minha mente disparava. Então isto *era mesmo* um encontro? Quer dizer, eu nem tive a chance de conhecer os amigos dele. Talvez Lenny tivesse razão e ele... me atraíra aqui sob falsos pretextos. Fez com que eu viesse a um encontro sem me convidar para um encontro. Talvez as coisas funcionassem assim numa Ivy League.

Mas por que um cara como Adam Bennett precisava fazer isso? Ele não era o tipo de pessoa que podia andar até uma mulher e dizer "Te pego às 8, gata", e ela ficaria caidinha por ele? Eu sabia que Tracy ficaria. Sasha também, pensando bem.

E... Eu. Se ele realmente me convidasse para sair, eu teria ido.

Então agora aqui estava ele, sentado na minha frente num reservado, olhando a descrição do prato de nacho no cardápio do jantar.

— Está com fome?

Comecei a engolir a cerveja. Tá legal, então... Um encontro.

Pedimos uns nachos e conversamos sobre nossos empregos anteriores em noticiários de TV. Parecia que Adam tinha ido para uma rede de TV direto da faculdade; eu imaginava que essas eram as vantagens do legado da *Newsweek*.

— E antes você estava num programa em Jersey, né? — disse ele.

— É. — Baixei os olhos para o copo. — Depois fui demitida por um... — Droga. Um riquinho da Ivy League. Que inferno, Adam e Chip deviam ter sido colegas de alojamento!

— Um...? — Adam insistiu.

Um cara de sangue azul, superinstruído, nepotista, que usou a rede de velhos amigos, vestia Brooks Brothers...

— Epa! — Adam pegou o BlackBerry, que zumbia. — Becky, me desculpe, mas tenho que atender essa. Estive tentando localizar essa fonte a semana toda. É só um minutinho, está bem?

— Tudo bem — eu disse, aliviada por dois motivos. Primeiro, podia pensar num assunto novo para quando ele terminasse. Segundo, ele era tão louco por BlackBerry quanto eu.

Como prometido, ele voltou minutos depois e, como a produtora de noticiário madura que eu era, reverti o interrogatório para ele. Mas Adam aparentemente era tão habilidoso quanto eu, e virava sem parar a conversa de alguma coisa que tivesse um quê de "casa de verão nos Hamptons" para histórias de guerra sobre nossos tempos nos noticiários.

— É sério — disse ele por fim. — Como vão as coisas com Mike? Todos os veteranos do *Nightly News* estão torcendo por você, sabia?

— Quer dizer que não fizeram um bolão para saber quando eu vou desabar?

— Bom, fizeram — disse Adam —, mas nós, que temos as menores chances, esperamos que você dure.

Eu ri e nós pedimos outra rodada enquanto dividíamos nossas anedotas prediletas sobre Mike Pomeroy.

— Pedi a ele para fazer um segmento sobre Trump, e ele pegou minha lata de Coca Diet e atirou pela sala.

— Quanta gentileza! — exclamou Adam, pegando um pouco de guacamole com o nacho. — Eu pedi a ele para cobrir uma safra recorde de amoras e ele me deu um soco na cara.

— Tá brincando — eu disse.

— Para ser justo, daquela vez ele estava bêbado como um gambá.

Balancei a cabeça.

— Não é desculpa. Se ele tentasse me dar um soco na cara, eu o achataria no chão. Sou de Nova Jersey.

Adam me olhou com cautela.

— É, acredito nisso. E aí, ele já te deu um apelido?

Parei com um nacho a meio caminho da boca.

— Humm... Às vezes ele me chama de tiete.

— Tiete? — disse ele.

— É, sabe como é, para destacar o fato de que eu devia estar respeitando sua honrada posição e venerando o chão que ele pisa.

— Ah, sim. Sua pequena performance no elevador.

Eu o saudei com minha cerveja.

— Bom, é melhor do que Señor Merdão. — Adam deu de ombros. — Se eu não fosse tão experiente, diria que ele realmente gosta de você.

— Talvez você não seja tão experiente — eu disse.

— Talvez ele goste de ser venerado por jovenzinhas bonitas — respondeu ele.

Atirei uma fatia de *jalapeño* nele. Jovenzinha bonita, hein?

Ainda estávamos rindo quando uma loura alta se aproximou da mesa. Tinha tranquilamente 10 centímetros a mais do que eu, e isso antes de contar os saltos de grife. Brincos de diamante do tamanho de cerejas brilhavam nos lóbulos das orelhas e ela vestia uma roupa que eu me lembrava de ter visto numa matéria há pouco tempo sobre as mais recentes tendências de Milão.

— Adam! — ela exclamou, com sua voz musical.

Ele levantou a cabeça.

— Ah, oi. — Adam se levantou e lhe deu um abraço. Os dois pareciam um anúncio da Ralph Lauren. Dois espécimes perfeitos da elite do Noroeste.

— Você nunca mais me ligou! — A mulher fingiu um beicinho.

— Desculpe. — Adam me olhou de lado. — Eu estive, hã... trabalhando muito...

Trabalhando muito? Ah, sei. Isso era trabalho. Nem a Mulher Perfeita ali parecia ver a situação como um encontro. Ela não se prontificou a se apresentar a mim. Nem Adam fez isso. Ela começou a falar de alguns dos eventos em Greenwich. Girei o resto de minha cerveja no fundo do copo. Isso estava consumindo um tempo consideravelmente maior do que o telefonema hiperimportante de Adam com sua fonte.

Parece que a Mulher Perfeita tinha uma classificação mais alta em sua lista de prioridades.

— Mas então, estou no meio de uma...

— Tudo bem — disse a Mulher Perfeita. — Quem sabe a gente não se vê na regata no Barton no sábado?

Regata? *Regata?* Meu Deus, o que eu estava fazendo aqui? O mais perto que cheguei de uma regata foi uma matéria que fiz para o *Good Morning, New Jersey* sobre uma onda de roubos de carros no Iate Clube de Barnegat Bay.

— É — disse Adam. — Tudo bem.

— Tudo bem, então — disse a Mulher Perfeita. Ela se virou para mim. — Foi um prazer conhecê-la.

Ela não conheceu. Eu quase disse isso em voz alta.

— Desculpe — continuou ela, num tom descuidado —, fiquei tão feliz em rever o Adam...

— Não, está tudo bem — eu disse. — Tudo bem, tudo bem. — *Ah, meu Deus, Becky, cala a boca. Você parece oca.* Mas meu coração disparava e as palmas das mãos estavam úmidas. O que diabos eu estava fazendo aqui ao lado dessa deusa amazona?

Assim que ela saiu, Adam voltou a se sentar.

— Desculpe por isso.

— Então foi por isso que eu vim esta noite — eu soltei. — Porque eu não sabia que tanta gente conhecia Mike e precisava de seu... feedback profissional.

— Meu... feedback? — perguntou Adam.

— É. — Procurei desesperadamente por meu parco vocabulário. — Bom, sou nova na cidade e não tenho muitos... contatos profissionais.

Eu sabia que também devia tentar achar os fragmentos de minha dignidade espatifada. Precisava *sair* dali. E rápido.

— Tudo bem — disse Adam lentamente. — Então somos... contatos profissionais.

— Exatamente.

— Nunca me canso deles — disse ele, sem alterar o tom.

Também não devia se cansar de namoradas. Eu estava totalmente perdida e não sabia o que fazer. Toda a noite simplesmente implodiu à minha volta. Eu ia matar Lenny. Nunca teria pensado nisso como um encontro se não fosse por ele e sua esposa modelo idiota. Ele me fez pensar realmente, por um momento, no estranho sentido de alguém como eu sair com alguém como Adam. Mas é claro que não. Idiota. Idiota.

A necessidade de sumir dali ficava esmagadora.

— Bom. — Estendi a mão. — A gente se vê por aí, então. Sem dúvida.

Ele olhou de testa franzida para a minha mão, depois a apertou.

— Tudo bem.

Peguei meu casaco e corri, incapaz de recuperar o fôlego antes de chegar à rua. Fiquei parada ali por um instante na luz fraca, perguntando a mim mesma e a Deus como diabos eu podia seguir jornalistas loucos e armados nos campos de Nova Jersey, mas não conseguia bater papo com um cara bonito num bar da moda de Manhattan. Seria por alguma estranha lesão cerebral? Será que romperam meu lobo encefálico para o romance quando eu era criança? Precisaria eu de uma terapia comportamental? Mais importante, será que podíamos fazer uma matéria sobre esse tipo de inépcia patológica homem-mulher?

Dei uma espiada pela janela do bar. Adam ainda estava sentado em nosso reservado, olhando a cerveja. Parecia tão desnorteado quanto eu. Depois o vi estender a mão pela mesa e pegar algo perto da minha cadeira.

Meu crachá da IBS. Ah, não. Será que devia entrar e pegar? Eu me atreveria a mostrar a cara para ele de novo?

Adam passou o polegar de leve em minha foto no plástico e eu tremi, como se a carícia tivesse tocado meu rosto. Ele olhou para o crachá por mais um momento, balançou de leve a cabeça e o enfiou no bolso da camisa.

Merda. Estraguei tudo ali.

10

Na manhã seguinte, meu crachá da IBS esperava por mim na recepção.

— Devia ter mais cuidado com isso — disse o segurança enquanto eu assinava a papelada necessária para recuperar o crachá.

— É — concordei, embora tivesse vontade de me enroscar e morrer. É claro que Adam não teria me ligado para dizer que estava com ele, nem onde ia deixá-lo. Eu simplesmente bati a porta na cara dele. Ele provavelmente nunca mais iria querer falar comigo. Deixar aqui era um revide de baixo impacto. Era isso ou a correspondência intraempresa.

Meu Deus, que coisa humilhante.

Fui para o estúdio do *Daybreak* para encarar a provação de nosso último ensaio antes da primeira aparição de Mike. Lenny me recebeu na sala.

— E como foi? — perguntou ele.

— Um desastre nuclear — eu disse, passando por ele a caminho da cafeteira. — Nunca mais vou dar ouvidos a você.

— É mesmo? — Lenny ergueu as sobrancelhas. — Sempre ouvi dizer que o Adam era um sujeito decente.

— Adam é ótimo — eu disse. — Eu é que sou uma Chernobil.

— Sei.

Fomos para o ensaio. Vi os problemas surgindo assim que peguei Mike e Colleen sentados à mesa de apresentação. Mike começou a brincar com as alavancas da cadeira, ajustando para que ele ficasse um pouco mais alto do que Colleen.

Ela o fuzilava com os olhos e ajustava a própria cadeira.

Comecei a ter medo de que a câmera só pudesse mostrar os pés dos dois e disse a ambos para pararem com aquilo.

— Muito bem — eu disse, trazendo o foco de volta ao verdadeiro roteiro. — O plano é alternar introduções em off das manchetes, depois vocês dois improvisam. Assim, digamos que temos uma matéria sobre... Sei lá... As eleições para o Congresso...

— Mas não temos — observou Mike. — Porque não cobrimos realmente as notícias.

— Pomposo — grunhiu Colleen. — Puxa vida, esse é um estilo diferente para você.

Ignorei os dois.

— Então vocês devem só fazer um pouco de picuinha.

— "Picuinha"? — repetiu Mike. — Do latim para "tagarelar feito um idiota"?

Trinquei os dentes.

— Só... comentem as manchetes. Sabe o que quero dizer. — Vamos lá, Mike, os apresentadores trocam piadinhas nos noticiários noturnos! Vamos brigar a cada passo que dermos?

— Tudo bem. — Ele se levantou e ajeitou a gravata. — Vou fazer isso... Quando estivermos no ar. Não vou ficar sentado aqui ensaiando como se estivesse num teatro de verão. Estou na televisão há quarenta anos... Acho que sei improvisar.

Ele saiu do set. Virei-me para Colleen.

— Muito bem — eu disse. — Então talvez eu e você possamos ensaiar.

Colleen revirou os olhos e também levantou da cadeira.

— Que ótimo — murmurei para ninguém em particular. — Que bom termos esse tempo para... Acho mesmo que agora estamos nos entendendo...

Perguntei-me se era tarde demais para entrar no bolão "Quando é que Becky Fuller Vai Desabar?" de que Adam havia falado.

Quando voltei à minha sala, ouvi o toque do intercomunicador especial da IBS. Meu coração saltou. Talvez fosse Adam, esperando por outra oportunidade. Olhei o visor. Ou... Jerry.

— Oi, Jerry — cumprimentei, com minha voz mais animada.

— Como estão as coisas por aí? — perguntou ele.

— Ah, Mike está pronto. Ensaiamos a semana toda. — Mentirinhas inocentes.

Levei o telefone pela porta da minha sala. Mike estava de volta à mesa de apresentação, girando a cadeira e atirando confeitos de chocolate no cameraman que ajeitava as luzes. O cameraman rodou e Mike levantou os olhos para o teto, assoviando com inocência.

— Ele está... de ótimo humor — concluí, infeliz.

— Não foi o que eu soube — disse Jerry. — Soube que você está gastando todo o seu tempo em brigas com ele. Que você mal teve tempo para reformular o programa.

Verdade e verdade. E quem era o espiãozinho de Jerry aqui?

— Olha, só o que eu preciso fazer é colocá-lo no ar, está bem? O público o adora. O programa ainda precisa de ajuste fino? Sim. — Respirei fundo, na esperança de convencer a mim mesma tanto quanto a meu chefe: — Mas confie em mim, Jerry... Mike Pomeroy é a chave para levar esse noticiário aonde ele precisa ir.

É melhor que seja mesmo, ou vou quebrar o pescoço do homem, como se ele fosse um daqueles faisões.

Jerry não parecia convencido.

— Espero que saiba o que está fazendo, apostando tudo nele desse jeito.

— Não estou preocupada — eu disse, abrindo um sorriso que eu sabia que ele não podia ver. Nós nos despedimos, depois saí despreocupadamente da minha sala, andei pelo corredor e entrei no banheiro das mulheres, onde prontamente comecei a ofegar.

Ah, meu Deus, eu esperava saber o que estava fazendo, apostando toda a minha carreira nele.

No fim do dia, entrei em completa crise de pânico. Vacilei entre duas linhas de raciocínio: meu plano era brilhante e eu me tornaria uma lenda no mundo dos programas matinais; meu plano estava destinado a se tornar motivo de piada no ramo. O problema era que, a essa altura, não havia nada que eu pudesse fazer para influenciar o resultado. Ou Mike aquiesceria e seria o locutor que eu sabia que havia nele, ou constrangeria a todos nós tratando o programa como uma piada cósmica.

Precisava falar com ele. Eu imploraria, se fosse necessário.

Reuni o material que levava para examinar em casa e marchei para seu camarim.

— Entre! — veio flutuando pela porta quando bati.

Abri a porta. Mike estava em sua cadeira, bebendo um scotch e vendo os monitores.

— Oi — eu disse, mantendo o tom despreocupado. — Só queria lhe desejar boa sorte amanhã.

Ele me encarou, depois tombou a cabeça de lado para ler a etiqueta no DVD que eu tinha na mão.

— Ah, o Papanicolau de Colleen. Um clássico.

Já bastava. Ele não era o único árbitro do que cabia na TV.

— Sabe de uma coisa, ela pode ter salvado algumas vidas estimulando as mulheres a...

— Meu Deus, esse lugar é absurdo! — Mike gesticulou amplamente com a mão que segurava o uísque. — Diga o que quiser de Dan Rather, pelo menos eu nunca tive de ver a cérvice dele.

Eu o examinei.

— Está bêbado?

— Não o bastante.

Ele apontou o monitor, que agora mostrava o ensaio de *Nightly News*. O novo âncora, Patrick Jameson, mal passava dos 40. Tinha um bronzeado de St. Barts e o sorriso de um ídolo de matinê. Além disso, segundo diziam os boatos, tinha o cérebro de um shih tzu incomumente inteligente; mas o público não parecia se importar, desde que ele conseguisse parecer muito inteligente lendo no teleprompter.

"O derramamento começou quando o petroleiro foi danificado em alto-mar na costa de Galveston", dizia Patrick.

Mike bufou.

Patrick, sem dúvida, acompanhava ponto a ponto o roteiro. Outro motivo para os executivos da rede o amarem — nunca tinham de se preocupar com que ele saísse do rumo e irritasse os patrocinadores. "Segundo as autoridades, 200 mil galões de petróleo bruto podem ser depositados no mar revolto nas próximas 48 horas. As condições climáticas atuais complicam os esforços para conter os danos, em meio a temores de que o petróleo possa ser inflamado pelo motor do barco."

— Essa cadeira é minha — disse Mike, numa voz arrastada. — É ali que devo estar. E eles a tiraram de mim, aqueles filhos da p... — ele arriou.

— Mike, devia ir para casa. — Coloquei a mão em seu ombro. — Vá descansar.

Ele apontou a garrafa de scotch aberta na mesa.

— Está vendo isso? Bruichladdich. Puro malte 40 anos de Islay. Só bebo quando estou me sentindo particularmente suicida.

Se ele cometesse suicídio antes da transmissão, eu ia matá-lo, pode ter certeza. E mataria duas vezes se fizesse isso no meu estúdio.

— Hora de ir para casa — eu disse com firmeza. —Vejo você amanhã. Bem cedinho!

— Sim, minha capitã. — Ele me fez uma saudação de bêbado.

Balancei a cabeça com repulsa e saí.

Os escritórios de *Daybreak* estavam vazios. Todos já tinham ido para casa, a fim de descansar ao máximo antes da grande estreia do dia seguinte. Minhas bolsas esperavam em minha sala, mas eu não conseguia me decidir a seguir o exemplo da minha equipe e ir para casa. Arrumei o escritório já arrumado e me certifiquei de que cada caneta na mesa formasse uma paralela. Olhei as minhas bolsas. Bati o pé.

Ah, já chega.

Trinta segundos depois, eu estava no elevador. Trinta segundos depois disso, fui depositada no andar que abrigava a divisão de noticiários — a divisão de "noticiários de verdade", como Mike provavelmente diria. Na metade do andar, havia uma porta com os dizeres "7 Days". Respirei fundo, disse a mim mesma que estava compensando por ter agido como uma imbecil na noite anterior e empurrei a porta.

A sala de Adam ficava na terceira porta à direita. Bati, na esperança de que ele também não tivesse ido para casa. Ou de volta ao bar para encontrar a Loura Perfeita da Regata.

— Entre — ele disse.

A sala de Adam não era decorada com troféus de golfe, nem troféus de basquete, nem mesmo troféus da equipe de remo de Yale. Em vez disso, suas paredes eram cobertas de imagens de sua mais recente matéria — algo a ver com as Filipinas, a julgar pelo mapa preso com tachas atrás de sua mesa.

— Oi — eu disse, parando na soleira da porta e me esforçando para aparentar um tom despreocupado.

O cabelo de Adam estava desgrenhado. Sua expressão era inescrutável.

— Oi.

— Só dei uma passada para... Humm... — Cruzei as mãos para mantê-las paradas e meus dedos mínimos tocaram meu crachá. — Agradecer a você por, hã, devolver meu crachá.

— Imaginei que não conseguiria entrar sem ele — disse Adam. Ele não saiu de trás da mesa e seu sorriso fácil de sempre estava ausente esta noite.

Entrei mais um pouco na sala.

— Então, no que está trabalhando? — apontei os mapas.

— Ah, estamos fazendo uma matéria sobre os rebeldes comunistas nas Filipinas e...

— É, que bom, isso parece bom! — Cheguei à mesa. — E então... Sabe ontem à noite? Eu fui ao bar para ver *você*.

A boca de Adam continuava inexpressiva.

— É, eu vi pelo modo como você fugiu em disparada, agitando os braços.

Assenti mais uma vez.

— Sim. Justamente. É verdade. Eu fiz isso. É só que... — hesitei. — Você parece meio... comicamente ótimo.

— Como se pudesse ser um grande comediante?

— Ah, meu Deus, estou fazendo isso errado. — Tombei a cabeça. Eu estava fazendo tudo errado *de novo*. Fala sério, preciso olhar meu pacote de benefícios e ver se meu plano de saúde cobre isso. Talvez eu possa fazer terapia comportamental. Como uma aula de gestão da raiva, só que de gestão de namoros. Talvez. — Parecia *promissor* — falei, sem conseguir me controlar —, e é claro que eu estraguei tudo. Eu costumo fazer isso, sabia? Eu estrago tudo sempre e, olha, estou fazendo isso agora mesmo ao tentar tocar no assunto.

Que confusão! Mas levantei a cabeça. Ele sorria. Surpreso. E lisonjeado.

E... interessado?

— Você me pegou de guarda baixa, é o que estou dizendo. — Dei um passo para trás, meio intimidada com seu olhar fixo e sua inegável expressão. — Quer dizer, por que você ia gostar de mim? Com seu... — As palavras me faltaram e eu me interrompi.

— Meu o quê? — perguntou Adam.

— Você sabe o quê... — Gesticulei para o cabelo, o sorriso, o diploma de Yale.

Ele ficou confuso.

Fingi estar remando.

— Jeito esquisito de nadar? — perguntou Adam.

Remei com mais força.

— Trem antigo?

— Campeonato de remo! — gritei, exasperada.

Ele me olhou como se eu fosse maluca.

— Caramba, nunca teria entendido essa, é sério. Como sabe disso?

— Tem umas fofocas sobre *você* nesta rede também, sabia?

— E a coisa mais picante que conseguiram foi minha carreira atlética na universidade? Não sei se fico aliviado ou deprimido.

— Mas então — eu disse. — Eu só não achava que você ia *gostar* de mim.

— Mas gosto — disse Adam, levantando-se. — Estranhamente, muito. Você é diferente. E é péssima em mímica.

Eu ri, mesmo a contragosto.

— Eu te convidei para sair.

— Mais ou menos.

— Convidei — insistiu ele. — Depois, quando vi você no bar, eu praticamente ataquei você ali mesmo. Qual foi a parte que te deixou confusa?

Não devia ter sido assim. Não devia ser, no início. E depois...

— Meu radar para esse tipo de coisa está desligado.

— Parece que sim.

Talvez eu deva usar uma pulseira, pensei, *como os diabéticos*. Isso alertaria a qualquer possível namorado de que eu era incrivelmente lenta quando se tratava dessas coisas.

— Não consigo saber se um homem está interessado em mim, a não ser que esteja pelado.

Adam me olhou, boquiaberto.

— Não, você não precisa ficar pelado — eu disse rapidamente. Bom, a não ser que ele *queira*. — Entendeu o que eu quis dizer. É como se tirasse as calças e eu pensasse, *Ah, tudo bem, acho que ele não quer ver minha coleção de CDs*.

Ele riu.

— Puxa, você é mesmo biruta, hein?

Suspirei. Enfim ele *entendeu*.

— Sou. — Mas depois sorri. — Isso pode ser um problema?

— Tudo bem, escute aqui. Vamos começar de novo. Talvez eu seja culpado por toda aquela história de "encontrar uns amigos no bar".

— Isso, ótima ideia — eu disse. — Vamos colocar parte da culpa em você.

— Então desta vez vamos sair para jantar como pessoas comuns. Pegar leve, ver no que vai dar. O que acha?

Fiquei radiante.

— É perfeito.

Então jantamos juntos, o que foi ótimo — num restaurantezinho italiano aconchegante que Adam conhecia —, depois ele me levou para seu apartamento, para, humm, ver sua coleção de CDs.

O que também foi ótimo.

Não sei quem tomou a iniciativa. Tudo aconteceu com tanta rapidez. Mas de repente percebi que estávamos nos agarrando como loucos no sofá. E não é que eu vá contar isso a Sasha e Tracy amanhã, mas Adam Bennett, além de ser um herdeiro do jornalismo, formado em Yale, campeão de remo e um gato de carteirinha, também beija bem pra caramba.

Por fim, na segunda metade do disco do TV on the Radio, minha blusa saiu do corpo e a camisa dele também.

— Sabe de uma coisa? — eu disse. — É uma ótima coleção de CDs.

— Hummmm... — Adam abria caminho por minha clavícula com o nariz. Suas mãos deslizaram por meu torso para mexer no fecho de minha saia.

— Mas eu devia ir para casa agora. Já são *8 horas*. — Malditos horários de programas matinais. Como eu podia ter uma vida social normal assim?

— Sim — disse ele, enquanto conseguia abrir o botão.
— Devia ir. Devia ir. — E depois o zíper.

— Amanhã é o primeiro dia de Mike — protestei entre beijos.

— Então não há dúvida — disse ele, beijando meu pescoço, meus ombros. — Você deve ir. Vá.

Gemi um pouco e passei os dedos em suas costas. É, eu devia ir para casa. Devia. Devia.

Mas talvez *não* devesse ter tomado aquela taça de limoncello no final da refeição. Me deixou tão... líquida. Adam também tinha gosto de fruta cítrica. Perguntei-me se ele ainda remava regularmente. A largura de seus ombros indicava que sim. Agora eu entendia por que ele gostava de manter a camisa para fora da calça. Desviar parte da atenção daquela forma triangular e fenomenal dele...

Ele rolou para cima de mim e eu perdi inteiramente a linha de raciocínio.

— Sabe de uma coisa? — desisti. — Qual é a pressa? Mike já fez isso na vida. Ele sabe o que está fazendo. — Eu o apertei mais.

— É — disse Adam, e depois de um segundo ele parou de fazer aquela coisa deliciosa que fazia com meu pescoço. — Humm...

— Humm-mmm?

Ele se apoiou nos cotovelos e olhou para mim, a expressão um misto de irritação e resignação.

— Por acaso, só por acaso, ele não abriu uma garrafa de Bruichladdich 40 anos, abriu?

Eu o encarei, com os olhos arregalados.

— Como sabe disso?

Ele suspirou e deslizou de cima de mim, e eu tive a nítida impressão de que nossa noite de diversão e joguinhos estava prestes a ter um fim nada cerimonioso.

— Quando trabalhei com ele, se havia alguma coisa que ele não quisesse fazer... Cobrir a Olimpíada ou o Oscar, ou, sei lá, algo que pudesse dar um mínimo de prazer às pessoas... Na noite de véspera, ele tomava um porre daqueles.

— *Como é?* — eu me sentei reta.

— A clássica sabotagem pessoal — disse Adam. — E sempre começava com o Bruichladdich. Já tive que caçá-lo em espeluncas do mundo todo, parecendo Rocky antes de cortarem o olho dele.

Comecei a respirar com dificuldade de novo, e desta vez não tinha nada a ver com o homem seminu sentado ao meu lado. Tudo bem, tudo bem, tudo bem...

Prendi a respiração, depois a soltei.

— Não. Isso é ridículo. Não vou atrás dele. Se ele quer ferrar tudo, problema dele.

Lancei um olhar para Adam, que não parecia nada convencido do meu pequeno discurso.

— Mas que droga — eu disse, sussurrando.

Adam suspirou de novo.

— Comece pelo Elaine's.

Disparei para fora do sofá e corri para a porta. No segundo em que cheguei ao corredor, olhei para meu peito pouco coberto.

— Merda! — Corri de volta à casa de Adam. Ele me recebeu na porta, estendendo minha blusa.

— Obrigada!

— Ah, não, por favor — respondeu ele, decepcionado. — Não agradeça a mim por estragar nossa noite.

Dei-lhe um beijo rápido.

— Até mais!

Se eu não fosse demitida...

11

O Elaine's era um daqueles restaurantes clássicos de Manhattan que os nova-iorquinos veneravam e os de fora só conheciam se soubessem tudo de Woody Allen. Quando pedi informações ao porteiro do prédio de Adam, ele olhou para mim como se eu tivesse acabado de saltar do ônibus. Mas podia ter algo a ver com a anarquia de meu cabelo e batom.

O bar do Elaine's ostentava uma população impressionante do Quem É Quem e uma carta de uísques ainda mais impressionante, mas nenhum sinal de Mike. Procurei a Elaine em pessoa para conseguir minha próxima pista.

— Pomeroy? — disse ela com um sorriso irônico e perturbador de quem sabia das coisas. — Ele saiu há algumas horas.

Droga! Eu ia matar o sujeito de verdade. De uma tacada só, ele ameaçou minha (praticamente ridícula) carreira *e* minha (finalmente melhorada depois de uma igualmente ridícula) vida amorosa.

Tentei o bar Algonquin na mesma rua. Parece que ele também tinha ido lá. O mesmo para o Bond 45.

Eu mato o Mike, eu mato o Mike, eu mato o Mike. Não sei se era pela iluminação desses bares ou o quê, mas eu, sem dúvida, começava a ver tudo vermelho.

No Smith's Bar, um frequentador prestativo contou — depois de eu lhe pagar uma dose caríssima de Lagavulin — que Mike fora para o "21" Club.

Dessa vez, peguei um táxi. Meus pés começaram a criar bolhas em algum momento durante a segunda hora de busca, e eu tirei os sapatos. Eu podia estar na cama com *Adam Bennett* agora. Podia estar na *minha* cama, dormindo tranquilamente. Podia estar em qualquer lugar do mundo esta noite. Em vez disso, procurava o astro do meu programa antes que ele estragasse toda a minha vida.

Sinceramente, eu ficaria surpresa se me deixassem passar pela porta do "21". Meu cabelo estava uma zona, minha blusa abotoada de forma errada, meus pés descalços e eu tinha certeza de que minha saia estava virada para trás. Mas eles deixaram.

Talvez estivessem acostumados a produtoras malucas caçando Mike Pomeroy. Mas provavelmente não tão cedo assim. Bem-vinda ao mundo do noticiário matinal.

E lá estava ele, lá no fundo, divertindo uma mesa de pessoas. Fiquei constrangida que me vissem em minhas parcas roupas. Parecia uma festa do Quem É Quem da Televisão. Cada um deles ganhava mais em um ano do que toda a renda combinada da minha família a vida toda.

Ainda assim, avancei, decidida.

— Mike — chamei.

Ele se virou para mim.

— Epa. A patroa.

Pisei duro até a mesa, descalça e espumando de raiva.

Um luminar da MSNBC riu para mim.

— Lá vem ela.

— Meu Deus, Pomeroy — disse um ganhador de 12 Emmys da CBS. — Elas estão ficando cada vez mais novas.

Baixei a mão no ombro dele.

— Mike, preciso falar com você. — Ele emanava o cheiro podre e defumado de scotch muito caro.

— Por quê? — disse Mike. — O bebê é meu? — Ele estendeu a mão para cumprimentar outro âncora com um *high five*.

Balancei a cabeça e o arrastei da cadeira. Era fácil, dado seu estado de embriaguez. Os outros olharam, surpresos.

— Lá fora — eu disse. — Agora.

Mas não pude esperar até que estivéssemos na rua para começar meu sermão. Eu estava furiosa demais.

—Você vai ter que entender — eu disse, fervilhando — que este programa é *muito importante para muita gente...* Inclusive, mas não somente, *para mim*.

Outros clientes se viraram para nós.

Eu quase atirei Mike porta afora Ele cambaleou na rua.

— Não entendeu? — perguntei. — É o *meu* que está na reta aqui!

Mike ficou imóvel. Girou lentamente para me encarar.

— Na verdade, o seu é irrelevante. Você é uma nota de rodapé. É o *meu* rabo. Minha reputação. Minha integridade. A minha.

Dei dois passos para ele até que estivéssemos cara a cara.

—Você é egoísta eególatra.

Mike nem piscou.

— Eu sou *o talento da TV*.

Já chega.

— Muito bem, vamos.

— Para onde? — perguntou Mike.

— Para casa. — Parei um táxi com um assovio. Mike se encolheu e tapou as orelhas.

Orientei o taxista a nos levar à casa de Mike e, quando chegamos, ele praticamente bateu a porta do táxi na minha cara.

— Tudo bem — ele rosnou. — Estou em casa. Pode ir embora.

— De jeito nenhum — eu disse. Andei até a portaria e acenei para ele entrar. —Vamos, papaizinho.

Ele veio se arrastando atrás de mim.

De certa forma, o apartamento de Mike era muito parecido com o que eu esperava. Caro, combinando com seu contrato multimilionário, e masculino — mas, felizmente, ele preferiu não pendurar nas paredes os restos taxidérmicos de seus troféus de caça. No entanto, havia alguns toques que pareciam mais do Mike que eu idolatrava antigamente, e não do imbecil que esteve aparecendo para trabalhar durante a semana. Lindas obras de arte enfeitavam as paredes que não eram cobertas de estantes apinhadas de primeiras edições.

Então, ali estava um lado dele que não era um troglodita completo. Era bom saber, uma vez que no momento ele não mostrava isso, ao ir trôpego para a cozinha para se servir de uma última dose. Preferi acreditar que mais uma, a essa altura, não faria mal a ele.

Fiquei parada na porta da frente. Ele enfiou a cabeça pela porta da cozinha, olhou para mim e deu uma gargalhada.

— Que bom que está se divertindo — respondi, fria como pedra.

— Está sozinha esta noite — ele balbuciou. — Faz sentido. Deixe-me adivinhar. Você conheceu um cara, teve — e ele acenou com o scotch — três encontros, e o tempo todo não teve assunto que não fosse seu trabalho.

Recusei-me a deixar transparecer qualquer emoção em meu rosto.

— E ele convenientemente perdeu seu número.

Eu pisquei e ele teve um brilho de triunfo nos olhos.

— É — disse ele, assentindo, como se tivesse acabado de descobrir um grande segredo de Estado. — Assim, além de seus óbvios problemas com o pai... Ele a abandonou? Morreu?

Pisquei de novo.

—Você teve a "coragem" repulsiva de continuar...

— Cale a boca — eu disse. — Há 15 minutos, eu era uma "nota de rodapé". Então, por que de repente ficou tão fascinado com minhas cicatrizes psicológicas? — Gesticulei para o apartamento dele, para todas as fotos e lembranças de sua vida. Os suvenires que ele trouxera de viagens ao exterior. As fotos de família. Os instantâneos emoldurados da época em que ele ia pescar com os Clinton. — Olhe todas essas reportagens que você podia estar fazendo, com base em coisas que realmente lhe interessam. Arte moderna, caça e pesca...

Peguei uma foto em uma mesa de canto.

— É seu neto? Eu nem sabia que você tinha netos. Pode fazer matérias sobre criação de filhos. Pode levar sua família ao programa e...

— Aqueles merdinhas ingratos? — ironizou Mike. — Não, obrigado. — Ele arrancou a foto de minha mão. — Acabou o passeio, tiete. Volte para sua triste vidinha. Vá embora.

— Pode esquecer. — Sentei-me no sofá. — Vou ficar aqui mesmo, para ter certeza de que você não vai fugir de novo.

Mike deu de ombros.

— Fique à vontade. Durma bem.

— Ah, mas eu não vou dormir, obrigada. — Sentei-me reta como uma vara e fiquei olhando para a parede.

Ele segurou a foto com mais força e saiu da sala. Então aparentemente ele odiava o merdinha ingrato o suficiente para levá-lo para seu quarto? Que interessante!

Continuei onde estava, decidida a cumprir minha palavra. Eu ia ficar acordada. Ia. Precisava ficar alerta o bastante para acordar Mike amanhã e colocá-lo no ar.

— Estou acordada — sussurrei. — Acordada, acordada, acordada.

Acordada...

Chovia lá fora. As gotas batiam na janela, atrás das cortinas de renda que minha mãe pendurara no quarto quando eu tinha 6 anos.

Ela cutucou meu ombro.

— Mais dez minutos, mãe — eu disse e me virei na cama.

Em resposta, ela puxou meu cobertor.

— Anda logo, tiete.

Abri os olhos. *Tiete*. Eu estava dormindo no sofá de Mike.

Sentei-me. Mike estava diante de mim de roupão, me cutucando com uma espécie de vara de chuva tribal. Peguei meu BlackBerry. Três da manhã. Ufa. Estávamos seguros.

— Quer café da manhã? — perguntou-me ele, ainda brandindo a vara como se fosse uma velhinha com um guarda-chuva de ponta afiada.

— Eu... — esfreguei os olhos. Queria me enroscar e voltar para a cama. Ou simplesmente dormir. Mike acendeu a luz e eu semicerrei os olhos. Ele estava fabuloso, como se tivesse acabado de voltar de uma semana num spa. Vi a mim mesma no espelho do corredor.

Uma bruxa.

A maquiagem tinha borrado sob meus olhos. Meu cabelo, pela combinação mágica de uma sessão de amassos com Adam, uma correria frenética pelas ruas de Manhattan e uma noite num sofá de couro, tinha todas as características de um ninho particularmente complicado. Minha blusa já vira dias melhores. Eu agora realmente havia *perdido* uns botões.

Será que daqui a alguns anos o único motivo para a fama de Becky Fuller seria ter perdido botões no sofá de Mike Pomeroy?

— Estou preparando o café. — Ele desapareceu na cozinha.

Arrastei-me para a cozinha e o olhei quebrar ovos numa tigela.

— Já viu um ovo de verdade? — Mike meteu um deles debaixo do meu nariz. Eu pisquei para ele, exausta. — Este é de uma galinha criada em Maryland. Entregam na minha casa uma vez por semana.

— Então as galinhas de Nova York não são boas para você? — perguntei.

Mike começou a assoviar.

— Precisamos ir — eu disse.

Mas ele não me ouvia.

— Agora, o melhor de uma *frittata* é que pode ser feita com qualquer ingrediente. Qualquer coisa que tenha à mão.

Ele olhou o conteúdo da geladeira, o humor tão animado que era de se pensar que tinha transado na noite passada. Como alguém que por muito pouco — e com todo o arrependimento do mundo — *deixou* de transar, eu ainda não achava graça.

— Vamos logo — tentei de novo. — Vá se vestir.

— Quer me matar de fome? — Ele pegou um monte de ingredientes. Cogumelos, cebolas, tomates.

Na verdade, para ser completamente sincera, parecia muito bom. Mas eu não estava com humor para cafés da manhã gourmet. Estava no humor para um espresso duplo e um âncora no meu programa matinal. E já.

— Preciso estar em plena forma. Estou prestes a aparecer na televisão diante de... Ah, seis pessoas? — Ele começou a fatiar.

Bocejei.

— Pelo menos oito.

— Vai adorar isso, garanto. — Mike começou a aquecer uma frigideira no fogão.

— Mike — pedi. — *Vamos embora.*

Para conseguir que ele vestisse um terno e se barbeasse, prometi cuidar da *frittata* que dourava no fogo. O cheiro das cebolas e cogumelos sautés chegou a mim do fogão quente, mas me recusei a me sentir tentada. Embora a *frittata* certamente bastasse para dois, eu não ia deixar que essa loucura continuasse. Tínhamos donuts no estúdio. Mike só estava tentando me provocar um ataque cardíaco.

Levei cinco minutos para ficar apresentável. Usei o desinfetante bucal de Mike Pomeroy, lavei o rosto com sabonete de Mike Pomeroy e roubei uma das camisas de Mike Pomeroy.

Eu o encontrei na cozinha, com a *frittata* no prato.

— Ainda não terminou com isso?

Ele colocou um dedo no prato.

— Ainda está quente demais. Entenda uma coisa, o que muita gente não sabe é que a *frittata* deve ser comida à temperatura ambiente. Foi inventada na Itália para o repasto da tarde.

Bati as mãos na bancada.

— Olha, Mike, sabe de uma coisa? Eu *não ligo* para seu café da manhã epicurista. Vamos nos atrasar. *Vamos embora!*

E assim arrastei o grande Mike Pomeroy — aos chutes, gritos e mordidinhas na *frittata* à temperatura ambiente — para sua primeira aparição no *Daybreak*. Chegamos atrasados à reunião de equipe, o que significava que todos nos viram entrar. Mike estava impecável. Eu parecia ter sido apanhada por um tornado.

Lenny me olhou de cima a baixo.

— Mas onde você esteve?

— É uma longa história. — Sentei-me ao lado dele e tentei ajeitar o cabelo.

Mike andou até a cadeira vazia ao lado de Colleen.

— Ela passou a noite na minha casa.

Cada um do *Daybreak* me encarou, chocado. O queixo de Colleen caiu.

Mike assentiu para ela com a expressão lasciva.

— Bom-dia, Pacoima.

Todos ainda me olhavam, boquiabertos.

— Ah, sem essa, gente, por favor. Eu dormi no sofá.

— Até que a acordei com minha vara de chuva africana — disse Mike, todo animado.

— Vara de chuva... — começou Lenny.

— ... africana? — terminou Colleen.

Sasha, Tracy, Lisa e Ernie riram.

Voltei meus olhos de adaga para Mike. *Cale a boca, seu babaca.* Vamos em frente agora.

— Muito bem — eu disse, forçando minha melhor voz de produtora executiva. — Hoje é o primeiro programa de Mike. Um grande dia para nós. Por isso, vamos repassar a pauta mais uma vez.

Consegui trazer Mike para cá. O que ele preferia fazer agora era problema dele.

Depois da reunião, fui lavar o rosto. Estava atacando meu cabelo no banheiro das mulheres quando, pelo espelho, vi Colleen atrás de mim. Segurava um de seus terninhos.

— Sempre guardo uns a mais — disse ela. — Em todos esses anos, fui tão vomitada por óctuplos, cagada por águias carecas e tive liquidificadores cheios de *gazpacho* de verão explodindo em mim, que acabei com todo um segundo guarda-roupa em meu camarim.

Peguei de suas mãos.

— Obrigada.

— Quer dizer, se seus quadris couberem aí. — Ela me olhou de cima a baixo. — Você... não dormiu com ele, dormiu?

Eu gemi.

— Não. Eu o persegui por toda Manhattan e montei guarda na porta dele para ter certeza de que ele não daria o bolo no último minuto. Eu me importo com o *programa*. Só isso.

Ela me olhou longamente.

— Sei — disse ela por fim. — Por isso trouxe o terninho. — E saiu.

Vesti o terninho de Colleen e decidi, em um ataque de gentileza, não contar que a blusa ficou grande em mim. Terminei de me arrumar, dei uns tapinhas inúteis nas olheiras escuras e inchadas, e tentei me animar uma última vez.

Becky Fuller, você é produtora executiva do Daybreak, *um programa matinal de rede nacional. Você conseguiu sozinha um coapresentador que é um dos maiores repórteres da televisão de todos os tempos. E, contrariando todas as expectativas, ele vai estrear nesta rede agora de manhã. Você conseguiu.*

E assim que começava a me sentir muito melhor, minha cabeça decidiu me advertir.

Mas não comemore já. Ele ainda pode ferrar tudo. E ele pode fazer isso só por maldade.

Suspirei. Dada a atitude de Mike esta manhã, fazia sentido me preparar para o pior. Ainda assim, tínhamos várias coisas a nosso favor. Mike Pomeroy, provavelmente porque muito pouca gente na Terra sabia o babaca que ele era, tinha um dos maiores ibopes de qualquer locutor de TV. As mulheres adoravam o misto de ar respeitável e grisalho com o brilho charmoso e malicioso de seus olhos, e a reação às nossas chamadas foi extraordinariamente positiva, em especial entre o mercado masculino, pouco explorado nesse horário. Talvez fôssemos o noticiário matinal a que os homens assistiriam. Talvez eles deixassem a CNN ou MSNBC e dessem uma olhada no *Daybreak*. Será que Jerry ficaria satisfeito se eu conseguisse *esta* pequena reviravolta?

Fui para a sala de controle, de cabeça erguida e, finalmente, sentindo-me mais humana no terninho emprestado de Colleen. Lenny e alguns outros produtores olhavam os monitores para se certificar de que não havíamos perdido nenhuma notícia de última hora.

— O que estão anunciando no *Today* hoje? — perguntei.

Ele bufou. Era um bufar bom ou ruim? Olhei para a tela.

Ah, não. Vieira tinha conseguido uma entrevista com a coelhinha da Playboy que fora pega dirigindo embriagada. Enquanto o logo do *Today* piscava na tela, uma voz animada dizia: "Ela atropelou o cachorro de Hef... depois o enterrou perto da Jacuzzi. Todos os detalhes, hoje no *Today*."

A cena mudava para imagens da coelhinha nas páginas centrais de abril. Sorria timidamente para a câmera enquanto as partes mais interessantes de seu corpo nu eram censuradas com tarjas pretas. Lá se foi nossa audiência masculina.

— Tá de sacanagem comigo — eu disse a Lenny.

— Ah — respondeu ele —, vai piorar. — Ele apontou para outro monitor. — Dá só uma olhada no *Good Morning America*.

Cobri os olhos com as mãos
— Eu quero mesmo isso?
— Sawyer conseguiu Clooney.
Baixei as mãos.
— Aquela *vaca!* — Outro grisalho charmoso. Estávamos acabados.

12

A tensão parecia cruzar o set com os cabos de luz e câmeras. O pessoal da técnica estava incomumente quieto, as mãos da maquiadora tremiam um pouco enquanto ela reaplicava o blush de Colleen e fiquei feliz por não ter aceitado a oferta da *frittata* de Mike, já que estava absolutamente certa de que teria vomitado ovo, cogumelos e cebolas por todo o set.

Mike e Colleen estavam à mesa de apresentação, o cabelo perfeitamente penteado, as roupas coordenadas e imaculadas. Eu os olhei na moldura dos monitores.

— Eles ficam ótimos juntos — disse a Lenny. — Pelo menos temos isso a nosso favor.

Lenny assentiu, depois fez o sinal da cruz.

— Que ótimo! — exclamei. — O judeu está fazendo o sinal da cruz. Que bom que estamos tão confiantes! —Virei-me de novo para o monitor. —Vamos, Pomeroy — disse a meia-voz.

Começou a introdução do *Daybreak*. Os monitores mostraram a introdução gravada, a nova que fizemos, com imagens de Mike e Colleen sorrindo um para o outro à mesa, Mike correndo pela escadaria do tribunal — habilidosamente editado, para ele não ter do que reclamar —, imagens antigas de Colleen afagando a tromba de um elefante bebê e sorrindo com Britney Spears na praça, mais uma de Mike trocando um aperto de mãos com o Dalai Lama que arrumei nos arquivos.

No set, vi Colleen se virar para Mike.

— Não coloque o país em coma com sua besteirada de jornalismo sério, está bem?

Mike fingiu estar muito interessado em suas anotações.

— Sim. Certamente. — Ele levantou a cabeça e sorriu para ela. — Ah, e vá à merda!

O logo do *Daybreak* faiscou pela tela enquanto um anunciante terminava o detalhamento em off do programa do dia. "Estas e outras reportagens esta manhã no *Daybreak*, com seus apresentadores, ao vivo de Nova York, Colleen Peck... e Mike Pomeroy."

"Bom-dia a todos." O sorriso de Colleen podia dar inveja em uma líder de torcida. "Antes de começarmos, este é um momento histórico no *Daybreak*: o dia em que Mike Pomeroy se junta a nosso pequeno programa."

Tudo bem, o tom de "episódio muito especial" na voz de Colleen era um tanto meloso, mas, com sorte, seria temporário. Ela se virou para Mike com o sorriso ainda fixo. Essa é a minha garota. Colleen. Uma profissional e tanto.

"É sorte nossa termos um jornalista de seu calibre aqui. Bem-vindo."

"Sim", foi tudo o que Mike disse.

O sorriso de Colleen vacilou. Eu a conhecia bem o bastante para saber o que ela pensava por baixo daquele penteado perfeito. *Tá de sacanagem comigo?* E eu sentia exatamente o mesmo.

Mas ela continuou seu trabalho. "E para comemorar seu primeiro dia, temos uma surpresinha para você!"

Vamos lá, Mike. Leve na esportiva. Eu quis vetar essa parte, mas, ao que parecia, era uma tradição do *Daybreak*. Cheguei a argumentar em nome da superstição, alegando que talvez fosse isso que estivesse amaldiçoando nossos âncoras homens. Fui voto vencido. E, no interesse do moral da equipe, deixei passar.

Mas a julgar pelo modo como Mike ignorava resolutamente o contrarregra que rolava um bolo gigante decorado com *BEM-VINDO, MIKE* em letras de glacê de 30 centímetros de altura, agora eu percebia que eles e eu podíamos nos arrepender desta decisão pelo resto da vida.

Colleen bateu palmas. "*Happy* first *day to you*", ela cantou, "*Happy* first *day to you*..."

Os olhos de Mike se arregalaram um pouco e, como se não estivesse acontecendo nada, ele se virou para os monitores: "Obrigado."

Será que eu deveria ficar satisfeita por pelo menos conseguir que dessa vez ele pronunciasse três sílabas?

"Agora vamos às principais notícias do dia", disse Mike. "No Texas, o clima severo continua a fustigar a Costa do Golfo..."

Lenny olhou para mim.

— Até agora, ele está um amor de caloroso

Revirei os olhos. Lá se foi a esportiva.

Atrás de mim, Merv, o diretor do *Daybreak*, pedia as imagens que queríamos de uma matéria a outra com uma velocidade muito maior do que esperávamos. E nada de piadinhas. Quando Mike falou dos níveis elevados de atividade geotérmica no parque de Yellowstone, Colleen abriu a boca, mas ele avançou para uma discussão de previsões científicas sobre a probabilidade de um supervulcão. Quando Mike falou do resultado das eleições na França, ela fez uma piada sobre croissants e ele mudou de assunto, falando da situação em Guam.

Acenei para Mike e lhe pedi para ir mais devagar. Ele me ignorou. Tentei imitar "piadas" — colocando a mão na barriga e fingindo rir.

Enquanto a câmera estava em Colleen, Mike me olhou de um jeito inquisitivo.

Adam tinha razão. Eu era péssima em mímica. Talvez precisasse aprender a linguagem de sinais. Ou os gestos usados pelos árbitros.

"Agora, Ernie Appleby, com a previsão do tempo", disse Colleen.

O ibope de Ernie, fiquei satisfeita em ver, era estratosférico. Talvez ele fosse o homem do tempo mais animado da televisão. O amor das pessoas por seu bom humor inabalável era tamanho que sua aprovação se sustentava mesmo quando ele errava completamente na previsão do tempo.

O que acontecia com uma frequência decepcionante. Ainda assim, não se mexe em time que está ganhando. Nosso público gostava de vê-lo na televisão, mesmo que ele não soubesse prever o tempo. Era o tipo de atitude que, sem dúvida, dava urticárias em Mike, mas eu não me importava com isso. Ernie era firme.

"Obrigado, Colleen." Ele borbulhava de cordialidade. "Quero reservar um momento para dar as boas-vindas a Mike Pomeroy em sua primeira transmissão. Como disse um furacão a outro: 'Estou de olho em você'."

Tenho certeza de que seus fãs estavam sorrindo. A cara de Mike podia ser uma daquelas cabeças de pedra da Ilha de Páscoa.

Mas Ernie não pareceu perceber a recepção fria do âncora. "Dando uma olhada pelo país nesta manhã", dizia ele, gesticulando para a tela verde que tinha atrás, "vocês verão sistemas de baixa pressão no Meio-Oeste trazendo aquela umidade..."

Enquanto Ernie prosseguia com sua transmissão, fiz algumas tentativas desesperadas de chamar a atenção de Mike. Agitei os braços. Pulei. Pensei em piscar as luzes da cabine de controle. Ele me ignorou.

No set, mas em off, Colleen se virou para ele, irritada. Ele podia esnobá-la, mas ninguém esnobava Ernie, o homem do tempo.

— É de manhã — disse ela. — Não estamos num enterro. Sorria!

— Vá se foder, Matusalém — foi a resposta de Mike.

Tudo bem, então era isso. Corri para o palco, usando um sorriso falso que podia colocar o de Colleen no chinelo. Talvez fosse o terno dela que tivesse esse efeito em mim, mas até minha voz saiu mais animada do que eu esperava.

— Gente — eu disse —, eu estava me perguntando se podíamos ter um pouquinho de energia.

Mike se limitou a me olhar.

Colleen deu um muxoxo.

— Se eu tiver mais energia, vou sair voando da cadeira.

— *Você* está ótima — eu disse a Colleen. Nós duas olhamos incisivamente para Mike.

— Saia da minha frente — disse ele. — A câmera volta em três segundos.

Votei à sala de controle. Lenny me passou a caneca de café.

— Precisa de alguma coisa mais forte aí? — perguntou ele.

Cerrei o queixo.

— Eles estão se aquecendo.

Felizmente, em seguida vinha algum jornalismo sério, então Mike estava em seu terreno. A câmera o devorava: a intensidade dos olhos, a cadência da gravidade e a autoridade na voz. Cada membro da equipe no set se inclinou para a frente, todos absortos em sua locução.

"...Aparentemente, ele age sozinho", dizia Mike à câmera, "entrando nos lares por janelas e portas destrancadas".

A meu lado, na sala de controle, Merv sinalizou para que aparecesse na tela um retrato falado. Até a lápis, o cara parecia um horror. As palavras "Predador Sexual à Solta" faiscaram nos caracteres na base da tela enquanto Mike terminava a locução.

"A polícia de Milwaukee pede que todos que reconheçam esse retrato falado entrem em contato imediatamente."

Sorri para Lenny, triunfante. Pronto. Uma beleza.

"Seguindo com as notícias", dizia Mike depois de uma pequena pausa, "esta semana o ex-presidente Jimmy Carter continua sua campanha pelos direitos humanos em Pequim."

Merv passou a uma imagem de Carter.

"Ele se reunirá com manifestantes políticos e pedirá a renovação do diálogo entre..."

Olhei para o monitor. As palavras "Predador Sexual à Solta" ainda corriam pela base da tela.

Ui.

— Lenny! — sibilei.

Lenny estava envolvido na locução de Mike.

— Merv! — sibilei mais alto.

Idem.

Voei para o painel de controle e apaguei a legenda.

— Gente, pelo amor de Deus! — eu disse, desabando na cadeira mais próxima. Íamos receber telefonemas sobre isso. Muitos. Ligações de Jerry, talvez.

Lenny olhou para mim e balançou a cabeça.

—Vou pegar o uísque.

Eu estava estupefata demais para responder.

— Becky...

— Pelo menos... — comecei com a voz fraca. — Pelo menos não tem como piorar, tem?

No set, Colleen estava radiante para a câmera. Mike fazia sua típica cara de âncora supersério para o público. Eles pareciam as máscaras de teatro da comédia e tragédia.

Enterrei a cabeça nas mãos.

Lenny me trouxe o café batizado com uísque, o que ignorei. A transmissão continuava.

"Amanhã, no *Daybreak*", ouvi Colleen dizer com um entusiasmo falso, "vamos mostrar as oito coisas que você *não sabe* que pode fazer com batatas. Aaah, será divertido."

"E também", trovejou Mike, "conversaremos com alguns agentes de ajuda humanitária que afirmam que a comunidade internacional ab-rogou seu dever de proteger as vítimas de desastres naturais no mundo todo."

Levantei a cabeça e olhei para o set num torpor.

"E", continuava ele, "que seus pedidos de ajuda foram inanes."

Colleen piscou para a tela por um momento, depois fez o máximo para compensar. "E... em seguida, o que sua escova de dentes diz sobre *você*!"

Virei-me para Lenny, sentindo uma dor física.

— Ele disse "ab-rogou"?

Lenny assentiu.

— E "inane".

Comecei a ofegar, então me agarrei à caneca e bebi um pouco do café morno com uísque.

— Acho que acabo de sair do meu corpo.

— Pode ser uma boa estratégia — disse Lenny, olhando o descarrilamento continuar.

Enfim, Colleen, com o sorriso certamente se esgarçando, voltava-se para a câmera pela última vez. "E este é nosso programa desta manhã. Bem-vindo à família do *Daybreak*, Mike, e obrigada por..."

"Obrigado a todos!", Mike a interrompeu. "Tchau."

Prendi a respiração. Pelo menos havia acabado.

Colleen franziu os lábios: "Até logo."

Mike assentiu para a câmera. "Até logo."

Colleen lhe lançou um rápido olhar de irritação. "Até *logo*."

— Como está a contagem? — perguntei a Lenny.

— Dois para cada um. — A expressão derrotada de Lenny era mais infeliz do que o de costume.

— Ai, meu Jesus Cristo! — exclamei.

— Amém — disse Lenny, e fez o sinal da cruz de novo. Se isso continuasse, eu iria escrever uma carta preocupada ao rabino dele.

No set, eles ainda continuavam com aquilo.

"Tchau", dizia Colleen.

"Tchau", dizia Mike.

"*Tchau*", dizia Colleen.

"*TCHAU*", dizia Mike.

— E estamos fora do ar! — gritei, interrompendo a transmissão.

Na sala de controle, todos nos levantamos num silêncio de choque. As luzes se acenderam no set. Mike ajeitou a gravata, levantou-se e saiu do palco, assoviando.

Mas eu sabia que Colleen talvez precisasse ser fisicamente contida para não cometer homicídio ali mesmo no estúdio. Assim que eu saí da sala de controle, ela apontou o dedo para mim.

— Baixinha — disse ela —, ou coloca esse babaca na linha, ou eu vou embora.

— Vou falar com ele — eu disse, levantando as mãos. Ela não ia embora. Não podia. Ainda era a cara do *Daybreak*, o que significava que precisava de nós tanto quanto nós precisávamos dela. Precisávamos de sua coerência e da pequena mas sólida base de fãs que ela trazia para o programa. (Para não falar no fato de que ela não pesava nada em nosso orçamento.) E ela precisava do programa. O melhor que Colleen podia esperar além de nós era voltar ao noticiário local no Arizona, e eu duvidava que ela quisesse sair de Manhattan.

— Só o que você fez foi *falar* com ele — disse Colleen. — Isso e bancar a enfermeira no sofá dele. É evidente que não está fazendo diferença alguma.

— Eu sei, eu sei. — Balancei a cabeça. — Mas vou tentar de novo.

— Estou enjoada de ouvir isso — disse Colleen. — E de saber que não vai adiantar nada. *Isto* foi inaceitável. Eu estava me esforçando ao máximo e Mike só zombava de tudo.

— Eu sei — repeti, agitando as mãos na esperança de que ela baixasse a bronca a um rugido surdo. — Todos nós sabemos que não podemos ter uma reprise deste programa. Temos que ajeitar umas coisas.

— Ele não tem respeito algum pelo nosso formato — disse ela. — Ele não dá a mínima.

— Colleen — eu disse, exasperada. — Acha que eu não estava ali vendo cada segundo do que aconteceu? Está ensinando o padre a rezar missa! E não me resta mais nada a não ser prometer que, daqui a alguns segundos, eu vou ver Mike e resolver essa situação.

Ela me olhou por um bom tempo.

— Ah, sei que vai ver Mike — disse ela. — Só duvido que possa demovê-lo.

Eu a fuzilei com os olhos; ela me deu as costas. Fiquei ali, com o terninho emprestado de Colleen, e jurei a mim mesma que jamais daria a ela, nem a ninguém neste estúdio, um motivo para voltar a duvidar de mim.

E jurei que era melhor Mike Pomeroy se cuidar.

13

Quando cheguei ao camarim de Mike, ele havia saído. E não estava no Serviço de Apoio, nem no banheiro masculino — eu olhei lá. Nem tinha ido a outros andares nem aos arquivos, nem para um drinque ridiculamente cedo no Elaine's.

Finalmente, eu o localizei no quiosque do engraxate perto do prédio da IBS.

Quando ele me viu, fez a expressão mais expectante e inocente que um homem podia ter. Eu queria estrangulá-lo, mas o engraxate teria testemunhado meu crime.

— Posso ajudá-la?

Atirei-me sem preâmbulos.

—Você disse que ia fazer piadinhas.

— Não. — Ele ergueu um dedo, em protesto. — *Você* disse que eu iria fazer piadinhas.

— E você concordou! Lembro-me nitidamente de você dizer que iria fazer isso depois que estivesse no ar.

— Eu disse que iria falar das manchetes — corrigiu ele.

— E falei.

— Mal e porcamente!

— Disse que seria âncora de um noticiário. É o que diz meu contrato. É o que vou fazer.

Meus peitos agora estavam quase no rosto dele.

— Mike — eu disse. — Não pode ir até lá e só dar respostas monossilábicas ao falar de desastres naturais.

—Tem certeza disso, tiete? Porque acho que posso, sim.

— Colleen tem que carregar o programa todo.

Tentei apelar para a vaidade dele.

— É isso mesmo que você quer? A mídia dizendo que você é escada de Colleen Peck?

Por um segundo, ele quase pareceu me dar ouvidos. Mas depois o sorriso plácido estava de volta ao seu rosto.

—Acho que você selou minha reputação no segundo em que me obrigou a fazer seu programa insípido, não acha?

Engasguei com as palavras que queria dizer a ele.

— De qualquer maneira — ele continuou —, o que está fazendo aqui? Precisa voltar para sua sala e esperar pelo telefonema de Jimmy Carter. Sabe quem, Jimmy Carter, o "Predador Sexual".

E ele fez aspas no ar. Minhas mãos se fecharam em punhos ao lado do meu corpo.

— Agora, vá embora. Estou ocupado. — Ele me dispensou com um gesto e voltou a olhar para as manchetes em seu celular.

O engraxate deu de ombros para mim, em solidariedade.

Afastei-me o mais rápido que pude, com os olhos e a garganta ardendo.

De algum modo, consegui atravessar o resto do dia. A ligação do pessoal de Jimmy Carter não foi assim tão ruim. Eles mesmos não viram o programa — naturalmente — e estavam apenas reagindo aos relatos do que acontecera. E, sabe como é, teve o vídeo no YouTube, que eu pedi ao jurídico para deletar assim que fosse possível. O jurídico, por sua vez, avisou-me de que qualquer medida seria temporária e que provavelmente o melhor remédio para toda a questão seria eu me certificar de que os redatores do talk show noturno da IBS incluíssem uma piada sobre isso para dispersar o problema.

Muito mais difícil de digerir foram os telefonemas da audiência idosa do *Daybreak*, que ficou horrorizada, francamente *horrorizada*, ao ver nosso trigésimo nono presidente falsamente vilipendiado em nosso programa. Colocamos uma correção no site da IBS e prometemos exibir outra no início do programa de amanhã.

Eu tive uma séria conversa com toda a equipe sobre prestar atenção às legendas.

Lenny se ofereceu para levar a culpa pelo contratempo e apresentar sua demissão. Eu lhe disse que se ele fosse embora, eu teria um colapso nervoso, e que me passasse o uísque.

Colleen já tinha ido para casa. Para ser sincera, senti-me aliviada. Não vi nenhum jeito de enfrentá-la depois de ela prever com tanta precisão o resultado da minha conversa com Mike.

Eu não tinha como controlar meu talento da TV. Meu derradeiro esforço para salvar este programa foi um erro de cálculo completo. Agora eu nem sabia se podia salvar o *Daybreak*. Talvez o que disseram sobre mim estivesse certo: talvez eu não fosse qualificada para este emprego. Talvez eu fracassasse, como Colleen havia previsto. Talvez eles tivessem razão, já no *Good Morning, New Jersey*, em escolher o promissor Chip, em vez de promover a mim. Nesse tempo todo, eu pensava que, se perseverasse um pouco mais, mostrando exatamente o que podia fazer, teria condições de resolver tudo.

Bom, eu mostrei a eles. E o que acabou acontecendo foi um programa desastroso em que consegui chamar de estuprador um ex-líder do mundo democrático.

Mais tarde, depois de mandar a maior parte da equipe mais cedo para casa, sentei-me em minha sala e esperei pela ligação de Jerry. Não estava ansiosa para ouvir sua avaliação da situação. Talvez ele me dissesse que, se eu me desse ao trabalho de fazer mais alguns cursos de televisão, saberia trabalhar com algo tão simples quanto uma legenda. Talvez ele me dissesse que teria pensado que alguém no papel de produtor executivo seria capaz de administrar melhor sua equipe. Talvez ele se gabasse de ter me avisado sobre a contratação de Mike Pomeroy.

Ou talvez ele pulasse tudo isso para algo mais curto e meigo, como: *Está demitida*.

Mas Jerry não telefonou e, sentada ali, olhando o telefone e esperando pelas intimações que selariam minha perdição, comecei a me perguntar por que ele não ligava. Quer dizer, de certo modo eu esperava que ele telefonasse, mesmo que tudo tivesse saído bem no programa. Afinal, eu tinha acabado de estrear Mike Pomeroy na televisão matinal.

Será que ele dormiu o tempo todo? Mas, mesmo que tivesse dormido, certamente saberia o que houve. Se o jurídico da IBS sabia do problema Carter, Jerry também devia ter tomado conhecimento. Não é?

Depois de mais meia hora me enervando, percebi que não havia como eu saber se só ficasse sentada esperando a queda do machado. Assim, peguei o fone e liguei para a sala de Jerry.

A secretária me disse que ele não tinha vindo hoje.

Mesmo assim, ele devia ter ouvido falar da nossa falha. O que significava que nem achava que fosse tão importante para tratar do assunto de imediato. Incrível.

Não tinha sentido algum eu ficar sentada ali. Era evidente que ninguém, de nosso apresentador a nossos executivos e ao cara responsável por apagar as malditas legendas, dava a mínima para o programa. O que eu estava fazendo, ao passar a noite toda na minha sala?

Certamente, havia coisas melhores a fazer. Eu podia pensar em pelo menos uma.

Adam atendeu à porta assim que bati. Foi um risco vir à casa dele sem avisar. Eu sabia disso. Ele podia não estar em casa. Ou pior, podia estar, mas recebendo alguma deusa loura que ia a regatas. Isso realmente seria a coroação da noite.

Mas ele estava parado ali, olhando para mim, de jeans e uma camiseta desbotada de Yale.

—Você viu? — perguntei, infeliz.

Ele olhou o terninho largo de Colleen.

— Não foi tão ruim assim. Foi...

Adam tinha visto o programa! Atirei-me em seus braços e o beijei.

— Humm, oi. — Ele nos colocou para dentro do apartamento e bateu a porta.

— Sabe de uma coisa? — perguntei. — Pensando bem, eu *não* quero falar nesse assunto. — E o beijei de novo.

— Parece um bom plano — murmurou Adam.

Cambaleamos pelo apartamento, ainda de bocas coladas, e eu refleti que meu aluguel em Manhattan era alto demais e há quanto tempo eu não ia a minha caixa de sapatos chamada lar. Adam, ao que parecia, tinha melhor gosto para imóveis do que eu. Ou talvez mais dinheiro para torrar no aluguel. Talvez as duas coisas, pensando bem. De qualquer maneira, a casa dele tinha uma vista de verdade. Era da rua de trás e havia um vislumbre da silhueta da cidade, mas ainda era muito mais bonita do que minha parede de tijolos e o beco.

— Ontem à noite... — comecei, enquanto ele mordiscava meu pescoço.

— Sim?

— Eu não tive a chance de te dizer o quanto gosto da sua casa.

— Ah. — Ele começou a mexer nos botões da minha blusa. — Bom, fique à vontade para admirar o quanto quiser. Vamos começar o passeio guiado pelo quarto?

— Você não está confiante demais?

Ele sorriu para mim.

— Você acaba de me atacar na porta da frente. Não acho que passou aqui só para brincar de Palavras Cruzadas.

— É verdade. — Deslizei as mãos por baixo da camiseta dele. Ele fez o mesmo sob o blazer de Colleen.

Meu BlackBerry começou a zumbir no bolso. Nós dois ficamos paralisados, mas, quando eu ia pegar o celular, ele apertou minha cintura, depois colocou a outra mão no meu bolso.

— Eu devia atender essa.

Ele o manteve afastado de mim.

— Esperando alguma informação de vida ou morte?

— Humm...

— Tem algum parente no hospital?

— Não, mas...

— E imagino que já tenha falado com Jimmy Carter.

— Nem tanto, mas falei com... — Avancei para o celular, mas Adam era bem mais alto.

— Se é Pomeroy ligando para se desculpar, o filho da puta que espere! — Adam foi até a geladeira e atirou o BlackBerry dentro dela.

— Adam! — exclamei.

— Agora já fomos interrompidos duas vezes — disse ele, arrastando-me para seus braços. — É demais, a essa altura dos acontecimentos.

— Mas e se houve alguma coisa? — Olhei por sobre o ombro dele para a caixa de aço inox que agora gelava meu telefone.

— Então você vai perder. — Ele voltou aos botões de minha blusa. — E outra pessoa vai cobrir a Maior Abóbora do Mundo.

— Está vendo, isso não é justo — eu disse, ajudando-o a tirar dos meus ombros o blazer de Colleen, depois a blusa de Colleen. — Você trabalha numa revista eletrônica. Faz uma matéria de 15 minutos a cada dois meses.

— Ah, garota — disse Adam, e me ergueu do chão. — Lá vem você de novo.

Mas eu não havia terminado meus protestos, mesmo enquanto ele me conduzia para seu quarto.

— Fazemos 15 matérias por dia, e nenhuma tem mais de três minutos.

— Cuidado com a cabeça — disse ele enquanto passávamos pela porta.

Abaixei-me para evitar o batente.

— Três e meio, se for o presidente ou se tiver fotos de nus. Quatro, se tivermos as duas coisas.

— Isso é seu seguimento da revelação sobre Carter?

Dei-lhe um tapa de brincadeira enquanto ele me colocava na cama.

— Cuidado, meu amigo.

— Eu te disse — falou Adam. Ele despencou na cama. — Eu avisei. Acordei às 5 e vi seu programa. — Ele tirou a camisa. Minha boca ficou seca.

— O que, está dizendo que agora eu te devo uma? — Abri o sutiã.

Ele rolou para cima de mim, sorrindo.

— Bem que podia ser.

— Hummm... — Só que, antes que ficássemos envolvidos demais, havia uma coisa que eu precisava saber. — Adam?

— Sim? — O jeans dele bateu no chão.

— Seu despertador é confiável?

Mais tarde, bem mais tarde, quando eu estava limpa e vestida em um de meus terninhos mais elegantes, ainda não tinha conseguido me livrar da excitação da noite anterior. O dia podia ter começado como um desastre, mas Adam cuidou de dar um encerramento muito agradável.

Estava sentada na sala de controle, tentando manter o foco no programa — o de sempre, uma vez que Mike não havia relaxado nada desde ontem. Mas pelo menos hoje não estávamos ofendendo os líderes mundiais.

Só que eu não conseguia tirar da cabeça aquele beijo suave que Adam me dera pouco antes de eu sair de sua cama de madrugada e praticamente ir para casa aos saltos — aprendendo uma coisa sobre Nova York ao fazer isso. Toda a história da "Cidade que Nunca Dorme" era mentira. Quando se está no meio da noite, as ruas são silenciosas e vazias. Ninguém por perto para testemunhar o balanço inegável de nosso andar depois de sair do apartamento de seu novo amante e flutuar para casa numa nuvem deliciosa de lembranças da noite anterior.

— Ei — Lenny cochichou. — O que há com você hoje de manhã?

— Hein? — Saí de repente de meus devaneios. — Quer dizer, nada.

Ele abriu um sorriso malicioso.

— Seeeeei.

— Ah, você é doido — eu disse, sem olhar nos olhos dele. — Foi apenas uma longa noite.

— Devido a...?

Dei uma arrumada nas notícias que havia escolhido cobrir quando finalmente saísse da casa de Adam. Havia um novo incêndio no Oeste, aquele cuja culpa imputavam a um incendiário em série.

— Preparei aquela matéria sobre o incendiário...

— Éééé. E isso levou o quê? Meia hora?

Eu o olhei fixamente.

— Me deixa em paz.

— Tudo bem. — Ele levantou as mãos, rendendo-se.

Nessa hora, entrou um dos produtores, Dave, com a preocupação estampada no rosto.

— O *Good Morning America* conseguiu a mãe do incendiário — anunciou ele.

Eu saí da minha cadeira.

— Ah, *merda*! Nem pensei nisso. Bom, eu só soube da história toda lá pelas 2 da manhã...

Lenny me encarou com a desconfiança renovada.

— Tudo bem — eu disse. — Vamos ver se o incendiário tem namorada. Mas que droga! Vamos ver isso rápido. Só o que temos são imagens gravadas e comentários...

Todos ficaram parados por um segundo.

— Gente — eu disse, estalando os dedos. — Matéria. Vamos logo com isso.

— Mas a gente devia estar fazendo a reportagem sobre as ferramentas de jardim...

— Incendiário — eu disse com firmeza. Era uma matéria que eu tinha certeza de que Mike Pomeroy apoiaria.

Infelizmente, o incendiário era um solitário, o pai não foi encontrado em lugar nenhum, e o colega de quarto da faculdade foi agendado no *Today*. Porcaria. Fomos batidos.

Perceber isso acabou com parte do brilho em meu rosto, mas eu ainda não tinha terminado. Meu texto era bom, o especialista em incêndios premeditados que consegui tinha boas credenciais, conseguimos algumas imagens ótimas do incêndio e dos danos e eu tinha Mike Pomeroy fazendo a entrevista. Ele era dez vezes mais interessante do que um cara que não via o colega de faculdade desde que ele largou os estudos no primeiro ano.

A mãe, é claro, ia derrotar a nós dois.

— É uma triste declaração sobre a humanidade — dizia Mike enquanto andávamos juntos para nossa reunião no almoço — que o público esteja mais interessado em ver a mulher que "criou o monstro" do que tentar entender a patologia ou a devastação que ela causou.

— Nisso eu concordo com você — eu disse. — Mas as pessoas querem ter a reafirmação de que seu próprio garotinho não vai virar algo parecido. Querem olhar a mãe nos olhos e se perguntar o que ela fez de errado.

— Ao que parece, nada — disse Mike. — Ela nem tinha fotos dele quando criança brincando com fósforos. Eles só queriam vê-la chorar em rede nacional. E os palhaços do *Good Morning America* ficaram muito satisfeitos em explorar isso. — Ele riu com escárnio. — E você se pergunta por que eu não tenho respeito por suas louvadas *picuinhas*.

— Tudo bem — eu disse ao virarmos a esquina. — Esqueça as picuinhas. Estou levando você para almoçar porque achei que podíamos conversar sobre um possível perfil. Estamos fazendo uma matéria sobre Daniel Boulud...

— Isso acaba com minha presença na cozinha fazendo profiteroles?

— Não.

Ele me olhou feio.

— Caçarola de cordeiro? — propus.

Ele se virou e continuou andando.

— Tudo bem — eu disse. — Esqueça isso. Que tal entrevistar Tim McGraw e Faith Hill?

— Se um dos dois se tornar presidente ou curar o câncer, me conte.

— Mike — implorei.

Ele parou por um instante e cruzou os braços.

— Soube que está namorando o Señor Merdão. Como deixou isso acontecer?

Franzi a testa e rapidamente dei uma olhada na área, procurando funcionários da IBS.

— Quem te contou isso? — As notícias, sem dúvida, viajavam com muita rapidez no trabalho.

— Você e ele... É verdade? — Mike parecia surpreendentemente desnorteado com a ideia.

— Humm, bom, não estamos exatamente...

— Porque ele costuma sair com mulheres que são... — Ele estendeu as mãos verticalmente. — E têm... — Suas mãos ondularam em volta do tronco.

Caramba, ele era tão ruim em mímica quanto eu.

Tombei a cabeça de lado e tentei decifrar.

— Puxa-puxa com almôndegas?

— Você entendeu o que eu quis dizer.

— Entendi — respondi. — Mas adivinha só, Mike. Não estou mordendo a isca.

— Humpf. — Ele continuou andando.

— E vamos conversar mais tarde sobre a indelicadeza de dar apelidos às pessoas.

Mike bufou novamente.

— Porque posso pensar em alguns para você.

— Posso dizer o mesmo, tiete.

Suspirei. Mais uma quadra.

— Que tal Sean Combs? — tentei. Meu objetivo no dia era colocar Mike em um segmento fútil. Só um. Se eu tivesse que comprá-lo com scotch, assim seria.

— Eu poderia — disse Mike —, se soubesse quem é. Mas olha, tenho uma matéria promissora. Há uma história interessante de Albany. Estão auditando a declaração de renda do governador e...

— Ah, pelo amor de Deus! — exclamei. Isto era pior do que Ernie e os cata-ventos. — Você está me matando, Mike. Não. Não.

— É uma matéria perfeita — insistiu Mike. Por um segundo, pensei que ele iria bater pé. — Pode ser uma ótima matéria, na realidade. Você só não gosta porque não tem a Britney Spears nela.

— Vou te contar — eu disse. — Coloque Britney Spears e o governador juntos, e só teremos um acordo.

Ele bufou.

— O que há de errado com um pouco de interesse humano? Quero que os espectadores conheçam você.

— E eles devem me conhecer vendo-me agir de uma forma inteiramente diferente com suas celebridades favoritas?

— Mike...

— O que você quer — disse ele com frieza — é que eu explore um público para que você possa vender remédios para disfunção erétil. E eu não vou fazer isso.

Eu fiquei estupefata. Estávamos na porta do restaurante, eu com minhas dúvidas de que houvesse alguma coisa ali que pudesse oferecer a ele para adoçar o pote, quando de repente uma mulher nos atacou.

— Ai, meu Deus! — ela gritou. — É você! É aquele cara!

Mike se afastou um ou dois passos da fã delirante. A mulher estava na casa de 50 anos — bem na nossa faixa de público — e vestia-se com uma calça de alfaiataria e um suéter.

— Eu o vi esta manhã mesmo! — ela continuou, a voz entrando no território do guincho. — Estava vendo o *Today*...

Mike fez uma careta.

— Eu não estou no...

— E entrou o comercial. Então dei uma zapeada, e lá estava você! Todo mundo estava comendo abobrinha recheada e você estava todo irritado com isso, e eu pensei... Ai, meu Deus, é aquele *cara*. Antigamente, você fazia noticiários, né? Há quanto tempo mesmo?

Antigamente? Epa. Muito obrigada, moça. Agora nunca mais vou conseguir que ele suba a bordo.

Ela o abraçou e estendeu o braço com o celular, com um largo sorriso. Mike ficou imóvel como uma pedra.

— Tire suas mãos de mim, por favor — declarou ele.

Ouvi o clique do telefone, depois a fã olhou o resultado e guinchou de novo.

— Ah, isso é o máximo. Obrigada!

— Não há de quê — eu disse, uma vez que estava claro que Mike não faria isso.

— Dan Rather! — exclamou ela. — Nem acredito.

Cobri a boca com as mãos. Epa!

A cara de Mike era uma nuvem de tempestade. Ele abriu a porta do restaurante e disparou lá para dentro.

Tudo bem. Tudo bem, mas isso me dava respaldo. Eu o segui, preparando meus argumentos.

— Mike, não vê que essas.. pessoas querem gostar de você?

— Não, elas querem gostar de Dan Rather.

— Elas saberiam que era você se *você* se colocasse um pouco mais. Não precisa ser tão seco num programa matinal. Elas querem gostar de você. Querem te *conhecer*. Você entra na casa delas todas as manhãs, enquanto tomam o café. Você conversa com elas. Sobre os eventos atuais, sobre o mundo em que vivem... É uma honra, não entende isso?

Ele não entendia. Nadinha.

— Mike — eu disse, derrotada. — Não pode só fazer algumas matérias de que as pessoas gostem? *Estamos com problemas. Eu estou com problemas.* Por favor, me ajude.

A hostess nos olhou com uma expressão alarmada.

— Humm, mesa para dois?

14

Assim, sem surpresa alguma, não comovi Mike por todo o nosso almoço. Ele rejeitava todas as sugestões de matérias que eu fazia e reclamava do gosto de menor-denominador-comum do público. A essa altura, imaginei, a única matéria em que podíamos concordar seria conseguir uma entrevista com o incendiário em pessoa. Sem dúvida, eu teria muita sorte com essa.

À medida que a semana ia passando, ficou claro que meus problemas não eram fruto de nervosismo de iniciante, mas de um verdadeiro erro de cálculo sobre a capacidade do programa. Talvez estivesse na hora de enfrentar a realidade. Eu podia ser uma ótima produtora de noticiários, mas não tinha o treinamento nem a experiência necessários para ocupar um cargo desses. É claro que eu tinha uma agenda cheia de contatos úteis em Jersey, mas aquilo era noticiário local. As pessoas levavam anos para recrutar esses contatos em nível nacional. Adam estava no noticiário nacional a carreira toda — com um diploma universitário — e ainda não havia chegado ao nível de produtor executivo. É claro que ele tinha um programa de sucesso muito maior, mas ainda assim... Essas coisas exigiam um longo processo.

Eu podia blefar sobre o "pessoal de Dempsey" e "namoradas do incendiário" o quanto quisesse, mas, na realidade, só o que eu tinha era o teatro muito convincente do "finja até conseguir". Eu não tinha nenhuma influência de verdade.

Nem ninguém mais no *Daybreak* — a não ser Mike, e ele só apoiaria as matérias que quisesse. Matérias que, em geral, não eram adequadas a um programa matinal.

Nesta tarde, enquanto os via gravar o segmento de entretenimento de Lisa para o dia seguinte, sentia-me especialmente aliviada por Mike ter-se retirado. Nunca soube se no final ele compartilhava o que acontecia no set agora.

Perguntei-me se havia uma maneira de distraí-lo enquanto gravássemos o programa do dia seguinte.

"Muitos atores", dizia Lisa, "mudaram de nome para que fossem levados mais a sério."

Era uma surpresa que alguém pudesse levar Lisa a sério. Seu bronzeado era praticamente laranja, a boca dava a impressão de que ela usava um par de lábios de cera e o vestido decotado se esticava sobre os balões inflados demais que passavam por seios.

Será possível que tenham ficado maiores recentemente?

"Por exemplo", dizia ela, "Ricky Schroder virou Rick Schroder. The Rock tornou-se Dwayne Johnson."

Um dos câmeras cobriu a boca para conter a risadinha.

Ah, meu Deus! Mas ninguém vetou o texto dela?

"E o nome de Portia de Rossi antigamente era Amanda, mas ela mudou para que ficasse mais parecido com o carro, que ela achava mais impressorista."

Virei-me para Lenny.

— *Impressorista?* Tem *certeza* de que não pode demitir a mulher?

Ele balançou a cabeça, em negativa.

— O que foi? — perguntei. — Ela está dormindo com alguém?

Lenny apontou para cima.

— Jerry? — eu disse. — Ai!

Um instante depois, um estagiário entrou com um recado de Jerry para mim. E por falar no diabo... Respirei fundo. Hora de encarar a fera.

—Volto logo — eu disse a Lenny.

Ou talvez não.

Fui conduzida imediatamente à sala de Jerry. Dessa vez ele me deixou de pé, esperando, enquanto examinava um relatório de audiência.

— Já viu isso? — indagou ele sem levantar a cabeça.

Epa. E eu que achava que só seria obrigada a responder por Jimmy Carter. Precisava pensar, e rápido.

—Tudo bem, sim, mas...

—Você está aqui para piorar a audiência? — Ele bateu o papel na mesa. — Foi por isso que veio para cá?

Não, eu vim para melhorar o programa. Mas, a essa altura, duvidava que o argumento pegasse.

— O caso — eu disse — é que Mike ainda está se acostumando com nosso formato. Ainda estamos trabalhando em alguns pontos do programa...

— Se acostumando? — Jerry zombou. — Você está caindo no ralo. Raramente agenda alguém decente por causa do índice de audiência, não está conseguindo nenhuma das grandes entrevistas...

Que sentido tinha negar tudo isso?

— Só precisamos de um pouco mais de tempo... — eu disse com a voz fraca. — Eu realmente acho que, depois que Mike se acomodar em seu papel, vamos ter alguns grandes saltos, em qualidade e audiência. Os dois de mãos dadas, eu acho. Com um pouquinho de paciência...

Um olhar de pena cruzou as feições de Jerry.

— Meu Deus, você é ainda mais ingênua do que eu supunha.

Minha testa se franziu. Mas de que diabos ele estava falando?

Ele suspirou e empurrou a cadeira para trás.

— Tem alguma ideia de por que tem esse emprego?

— Como? — perguntei enquanto ele deu a volta e se encostou na frente da mesa. Sua expressão era a mesma que meu pai fez para mim quando me disse a verdade sobre o Papai Noel. Comecei a ter a nítida impressão de que o pessoal de Jimmy Carter era a menor das minhas preocupações.

— Nunca passou por sua cabeça? Por que a rede não me dá dinheiro para contratar um produtor executivo de verdade?

Humm, bom, as coisas estão apertadas em toda parte. E as pessoas não querem voltar... Ah, merda! Eu estava perdida.

— A rede quer cancelar o programa — disse Jerry.

Meu coração despencou — não no estômago. Em algo mais doloroso. Talvez o baço? Os rins?

— Querem exibir *game shows* e programas comprados. É por isso que não me deram orçamento para um produtor executivo. Queriam que eu contratasse alguém inepto, alguém que levasse o programa para o fundo do poço.

— Eu era alguém... — Senti que ia desmaiar.

— Assim — explicou ele —, eles teriam uma boa justificativa para cancelar um programa que está no ar há muito tempo.

— Não entendo — exclamei num tom quase frenético. — Está dizendo que me *contratou*... — caí na cadeira das visitas. — ... que você contratou *a mim* para... levar o programa para o fundo do poço?

— Não — respondeu Jerry, embora de um jeito monótono. — No início, imaginei que eles acabariam conseguindo o que queriam, que eu nunca acharia alguém decente para salvar o programa. Mas então você entrou aqui, e por um segundo pensei que podia ter uma chance. Especialmente quando conseguiu Pomeroy.

Por um momento, minhas esperanças aumentaram, embora só um pouquinho. Então, ele achou que eu ia conseguir. E por isso deixou que contratasse Mike. Porque eu tinha razão: daria certo. Seria ótimo. Ou teria sido.

— Mas eu me enganei, porque, por acaso, você fracassou ainda mais do que a rede esperava.

Deixa pra lá!

— Daqui a seis semanas — anunciou ele — vão tirar o programa do ar.

— Não!

Mas Jerry nem registrou meu desacordo.

— Assim, não só você terá enfraquecido significativamente nossa divisão de noticiários, como também terá presidido a morte de um programa que está no ar há 47 anos.

Meu coração decidiu que o baço não tivera traumas suficientes para o dia e começou a esmurrá-lo.

— Bom trabalho — disse Jerry. — Por que não vai até a PBS e vê se consegue acabar com a *Vila Sésamo*?

Ah, meu Deus, não! Isso era muito pior do que eu temia. Imaginei ter vindo aqui para ser demitida. Com isso, eu podia lidar. Estava acostumada. Afinal, já me acontecera uma vez este mês. Mas ser responsável pela perda do emprego de todos os outros? Colleen? Lenny? Sasha, Tracy, David... Ah, Deus: *Ernie*?

Mike ainda teria seu contrato. E Lisa, sem dúvida, cairia de pé. Merv, nosso diretor, podia ser espremido em outro departamento, mas...

Eu estraguei a vida de todo mundo. Porque não consegui manter meu programa. Porque não consegui colocar meu âncora na linha. Porque pensei que seria uma ótima ideia demitir o antigo apresentador num ataque de "Quem é Que Manda Aqui?" e depois contratar uma *prima donna* insensível e desagradável para o lugar dele.

—Vá. — Jerry apontou a porta. — Já desperdiçou muito do meu tempo.

Pendi a cabeça. Vá? Vá lá embaixo e diga a eles o que fez? Vá lá embaixo explicar a Lenny que as economias para a universidade de seus filhos correm sério risco? Dizer a Colleen que ela estava com razão a meu respeito o tempo todo e que deveria telefonar para os amigos de Phoenix? Olhar nos olhos de Mike enquanto informava à equipe que os dias do programa estavam contados, tudo porque eu era incompetente, como esperavam os executivos da rede?

Não podia fazer isso. Simplesmente não podia.

Por fim, consegui levantar o rosto e olhar nos olhos de Jerry.

—Você pode... Fazer apenas uma coisinha para mim?

— O que é?

—Temos seis semanas, não é? — perguntei rapidamente. — Não conte a ninguém ainda. Para começar, o moral não está exatamente no auge, então...

—Tudo bem. — Jerry voltou a sua mesa. — Diga o que quiser a eles. Não importa realmente, importa?

Saí de sua sala. Saí de seu andar. Meu caminho pelos corredores tortuosos do porão do *Daybreak* foi percorrido como se eu estivesse no corredor da morte. O que eu ia fazer? O que eu ia fazer?

Virei uma esquina e esbarrei em Lisa.

— Aí está você! — Ela quicava. Algumas partes de seu corpo quicaram meio segundo depois. — Tive uma grande ideia para um segmento. Prepare-se! — Ela parou teatralmente e agitou os braços. —Vidas. Passadas.

Eu pisquei.

Ela assentiu para mim, os lábios de almofada abertos de excitação.

— Por exemplo, se pudéssemos descobrir *quem* as celebridades foram em vidas anteriores, acho que seria demais, não acha? Tipo assim, e se Justin Timberlake foi Abraham Lincoln?

Eu podia pensar em mil respostas para essa ideia. Mas nenhuma valia o esforço de pronunciar. Ela podia decidir que

Fergie foi Joana d'Arc e contar o que quisesse no *Daybreak*. Agora não faria diferença nenhuma.

— Pode ser muito evocativo! — disse Lisa às minhas costas enquanto eu continuava a andar.

Adam ligou naquela noite, mas eu disse que não estava me sentindo bem. O que era verdade. Vesti a calça do pijama e minha agora desbotada camiseta ACEITO! e apaguei todas as luzes. Deitei-me enroscada na cama em meu apartamento horrível e pequeno demais, e vi a parede de tijolos pela janela. Este era o apartamento que consegui quando achei que tinha uma carreira à frente numa rede de TV. Não me importava que fosse ruim — o emprego ou o apartamento —, porque os dois eram o começo de uma coisa maior.

O complicado em comprometer toda a sua vida em alguma coisa — qualquer coisa — é que quando essa coisa desaparece, não lhe resta onde se segurar. Minha mãe descobriu isso quando meu pai morreu. Nossa casa nunca mais foi a mesma. Ela nunca pretendeu me sustentar sozinha. Não sabia como seguir em frente sem ele.

E não sei como seguir em frente agora.

O que há lá fora para mim? Ser demitida do *Good Morning, New Jersey* me ensinara que era mais difícil encontrar um novo emprego do que eu pensava. E isso quando meu currículo era imaculado. Agora? Agora matei um programa inteiro.

Quem ia me querer agora?

Enrosquei-me numa bola ainda mais apertada e olhei meu despertador. Eram 7 horas. Eu tinha seis horas e meia para pensar no que dizer a eles. Tinha seis horas e meia para pensar no que fazer.

Seis.
Cinco.
Quatro.
Três.
Duas.
Uma.

Quando cheguei ao trabalho, ainda não havia pensado em nada. Além disso, eu tinha a aparência abalada, com olhos enormes de guaxinim, nervos em frangalhos e uma incapacidade profunda de ser lógica.

Depois de nossa reunião da manhã, eu disse a Lenny que estava no meio de alguma coisa e deixei que ele assumisse a sala de controle enquanto eu tentava pensar numa estratégia. Mas a privação de sono não estava me ajudando a fazer o que não conseguira na noite anterior. Como se faz uma estratégia para o completo fracasso?

Fui para a minha sala. Fui para a sala de descanso. Fui para a sala de controle quando ninguém estava olhando. Na verdade, eu estava no meio de um surto particularmente frenético de caminhada quando, por acaso, vi Merv na sala de reuniões com o gerente de palco, Pete.

— Qual é o problema agora? — perguntei.

— Mike está ofendido com uma palavra da próxima matéria — explicou ele.

— Ofendido? — semicerrei os olhos. — Fala de coelhinhos da Páscoa.

— Está tudo bem — disse Merv. — Eles estão no intervalo e mandamos alguém procurar um dicionário de sinônimos.

Um dicionário de sinônimos? Ah, *que inferno*, não!

Ao que parecia, eu não era a única que me sentia assim, a julgar pela resposta estridente de Colleen quando Pete se aproximou da mesa com o dicionário na mão.

— Ele agora precisa de sinônimos? — Ela lançou as mãos para o alto, enojada.

— Tudo bem — disse o gerente de palco. — Temos "leve", "felpudo", "flocoso"...

— "Flocoso" parece algo saído da boca de Lisa — grunhiu Lenny.

Mas Mike também não ouvia nenhuma de que gostasse.

— Não vou dizer "fofo" — insistiu ele. — Já é bem ruim que eu tenha que fazer essas matérias ridículas. Há certas palavras que não vou pronunciar no ar.

— Ei, amigo — disse Colleen lentamente. — Na semana passada, eu tive de usar "retal" e "umidade" na mesma frase.

— Bom, os primeiros encontros sempre são estranhos.

Ela o fuzilou com os olhos.

— Não vi ninguém vir *a mim* com material de referência — continuou Colleen, sem se abalar.

— Argumento interessante — disse Mike. — Foda-se.

Ela revirou os olhos.

— É mais apropriado para você.

— Foooooda-seeeeeee! — Seu microfone fez eco pelo estúdio.

— Desligue este microfone! — gritou Mike. Não queremos uma reprise de Jimmy Carter.

Tudo bem. Já bastava. Apertei o botão que nos ligava aos fones.

— Mike.

Ele me ignorou.

Tentei de novo, mais alto.

— Mike!

Ele tirou o fone de ouvido e coçou ostentosamente a têmpora com o dedo médio.

Já *chega*. Disparei para fora da cadeira.

— Becky? — chamou Lenny, alarmado. — O que está fazendo?

Incitada pela fúria, andei num rompante pelo estúdio até a mesa de apresentação.

— Preciso falar com você — cuspi para Mike.

— Humm, Becky? — como se estivesse muito longe, ouvi Pete. —Vamos voltar em 60 segundos...

—Admirei você a minha vida toda — eu disse a Mike. — Eu o idolatrava. Meu pai e eu víamos você na TV.— Se ele se atrevesse a fazer algum comentário irritante por eu ter dito a mesma coisa no elevador, eu... —Você resumia o melhor do que eu queria fazer. — O que não consegui fazer. — Então imagine minha surpresa...— Sabia disso? Adam estava errado.

— ... quando descobri que você é a *pior pessoa do mundo*. — Não o número três, nem o dois. A pior mesmo.

Por um momento, ele me olhou num silêncio perplexo.

— Faz alguma *ideia* da sorte que tem por estar aqui? — Minha voz subiu uma oitava. — Da sorte que *todos nós temos* com esses empregos? Da rapidez com que tudo pode ser *eliminado*?

Duvidei que ele se importasse com isso. Afinal, seu contrato continuaria intacto por muito tempo depois de o *Daybreak* baixar em seu caixão.

Percebi ligeiramente que todos no estúdio estavam me olhando, mas eu já havia passado há muito de preocupações insignificantes como dignidade.

— Humm, vamos voltar em 30 — disse Pete.

Todos no set ficaram paralisados.

— Hã, Becky? — Ouvi a voz de Lenny vir da sala de controle. — Você está bem?

— Este era para ser o emprego dos meus sonhos — eu berrei com Mike. — A *vida* dos meus sonhos! Trabalhar num programa de rede de TV em Nova York.

— Epa — disse Merv. — Acho que Pomeroy a desmontou.

— Becky — dizia Lenny de novo. — Em 15...

— E tem um cara... um cara ótimo, que na verdade é meio *gato*... e ele me suporta por tempo suficiente para *transar* comigo.

Com essa, os olhos de Mike se arregalaram uma fração. Em todo o estúdio, eu ouvia gente ofegando. O sorriso de Colleen pela primeira vez era verdadeiro. Ela estava adorando o espetáculo.

— Becky — Lenny implorava. — Em cinco...

— E em vez disso — eu disse, ou melhor, gritei — está tudo uma zona. Por sua causa. — Apontei o dedo para ele. — Ninguém aqui faz bem o seu trabalho porque *você não se dá ao trabalho de fazer o seu*!

Olhei furiosa para Mike. Sua expressão parecia paralisada. Ninguém na sala se atreveu a respirar — exceto eu. Puxei oxigênio como à velocidade da luz.

— E estamos de volta — disse Pete, o gerente de palco.

15

Saí do set, ainda ofegante, enquanto Colleen entrava em seu modo de apresentadora.

"Bem-vindos de volta ao *Daybreak*", dizia ela, animada. "E agora, para dar uma olhada no tempo, aqui está Ernie, na praça."

O monitor mudou para uma imagem de nosso efervescente homem do tempo parado diante de uma multidão de pessoas. "Obrigado, Colleen. Bom, hoje estamos todos curtindo o sol aqui fora."

O pessoal atrás de Ernie trocou esbarrões e brindou com copos plásticos cheios de limonada. *"Daybreak!"*, gritou um deles. "Uuu-ruuu!"

Eu tinha certeza de que só havia uma seis pessoas naquele grupo. Seis pessoas habilidosamente arrumadas no enquadramento da câmera para que parecessem centenas. Cada uma das seis recebeu limonada, cachorro-quente e camisetas da IBS em troca de seus esforços.

Ernie sorriu para a câmera. "Me dá vontade de usar minha tanga." Ele riu, todo alegre. A multidão fabricada riu também.

Senti-me oca. Oca e impotente. Arrastei-me pelos corredores, ignorando as expressões de assombro das pessoas por quem passava. A produtora executiva do *Daybreak* acabara de ter um colapso nervoso na frente de toda a equipe. Se meu ataque durasse mais um microssegundo, eu teria feito isso diante de nosso público também.

Todos os quatro.

Entrei no elevador e apertei o botão para o saguão. Precisava sentir na cara um pouco daquele sol que Ernie prometeu.

Em um dos andares do subsolo, o elevador parou e entrou um estagiário. Ele me olhou fixamente e se espremeu no canto do elevador. O mesmo fez o arquivista que encontramos no andar seguinte.

Cumprimentei-os.

— Humm, oi?

Eles trocaram olhares e se afastaram para o lado.

Tive uma sensação muito ruim com isso. Ou eu estava com cara de louca, ou... Ah, meu Deus! Quantas pessoas viram os monitores da emissora quando abri o verbo?

A porta se abriu no saguão e meus dois companheiros me olharam como se eu fosse um cão raivoso.

—Você vai... sair? — perguntou-me um.

— Hummm... — Minha voz saiu aguda e frágil. — Ainda não. — Meti o dedo no botão que levava ao andar de Adam. Os outros dois dispararam para fora do elevador.

Vi a mesma reação ao andar pelo departamento de jornalismo. Algumas pessoas olhavam. Outras se espalharam. Mantive a cabeça erguida e os olhos à frente. *Só chegue à sala de Adam e não pense que qualquer reputação que tinha na IBS dez minutos atrás — durona? Fracasso? Tiete? — agora tinha se metamorfoseado em algo bem mais humilhante.*

Abri a porta do 7 *Days*. As pessoas ali estavam reunidas em grupos que silenciaram assim que me viram. Ah, não. Ah, não não não não não.

Com muita apreensão, aproximei-me da porta de Adam e bati. Ele atendeu, com um sorriso triunfante praticamente dividindo sua cara em duas.

— Ei, gracinha — disse ele. — Você é biruta, sabia disso?

Assenti, infeliz.

— Vamos sair para almoçar.

Olhei para ele.

— São 10h.

Ele deu de ombros.

— Então um brunch. Vamos. Você precisa sair daqui um pouco. — Ele pegou minha mão e me arrastou para o corredor. Só o que conseguimos foram mais encaradas.

— Adam... — eu disse, num tom de alerta.

Ele olhou para trás, para mim e piscou.

— Nada é segredo por aqui, Becky. É uma redação de noticiário. E você sempre está na câmera oculta.

Saímos do prédio sãos e salvos, embora meu rosto ardesse enquanto nos deslocamos do saguão para a praça.

— Achei um gesto bonito, por incrível que pareça — disse Adam. — Algumas pessoas mandam flores, você grita para câmeras gigantes.

Eu estava chocada demais para responder.

— *Era mesmo* de mim que você estava falando, não era?

Tirei a mão da dele para poder esfregar as têmporas.

— Não vou conseguir aparecer lá de novo.

— Que absurdo! — exclamou Adam, levando-me por uma rua transversal até um restaurante. — Todo mundo estava do seu lado. Mike não merece você. Você sabe disso. Todos nós sabemos disso. Ele é ingrato e asqueroso.

— Não posso mais discutir com você com relação a isso.

Ele sorriu.

— Que bom ver que você o promoveu do meu nível de ameaça pessoal.

Forcei um riso.

— Isso está te enlouquecendo — disse ele. Paramos de andar por um instante e ele se virou para mim. — *Ele* está te enlouquecendo. E não vale isso tudo.

Fiquei boquiaberta olhando para ele, incrédula. Não vale? O noticiário? Meu emprego dos sonhos? Bom, o que restou dele, de qualquer maneira.

— Becky, sei que acha que é um ótimo emprego, mas é só um emprego. Existem outros programas em que você pode trabalhar...

É fácil para ele falar, com suas ligações, sua formação acadêmica e seu histórico de nunca acabar com um programa de TV de quase meio século de existência. Adam Bennett, dos Bennett da *Newsweek*, acharia outro programa em que trabalhar. Mas Becky Fuller, dos Fuller de Weehawken? Nem tanto.

— Entendi — eu disse rigidamente. — Acha que minha vida é ridícula. Meu programa é ridículo. Eu sou ridícula...

— Eu nunca disse isso...

— Você fica lá em cima fazendo reportagens investigativas sobre o Zimbábue e o Zaire e... — Droga, o que mais começava com Z?

— Zâmbia? — sugeriu Adam.

— *Zâmbia!* — exclamei. — Meu Deus, vocês, do jornalismo sério, olham para a gente com desprezo! Você e Mike...

— Epa — disse Adam, erguendo as mãos, protestando. — *Não* me coloque na mesma categoria de...

— O que é, hein? — perguntei. — É porque nossa audiência é feminina?

— Espere aí — disse Adam. — Não sou eu que olha você com desprezo, lembra? Seu programa atende às necessidades de seu público. O meu faz o mesmo. E assim é com o noticiário noturno. Se todos os noticiários fossem iguais, por que precisaríamos de tantos?

Mordi o lábio inferior. Será que ele precisava ser tão *racional* quando eu estava no meio do meu ataque de nervos?

— É, Mike pensa que é tudo besteira. Mike... Que, posso acrescentar, você literalmente caçou por aí para obrigá-lo a fazer seu programa. Achou que ele estava morrendo de vontade de voltar ao ar e fazer matérias sobre como seu hamster pode te passar salmonela?

Caramba, Adam. De um elogio a um murro em três frases curtas. Impressionante. Que bom que ele me preparou para o golpe, caso contrário talvez eu nem sentisse, considerando o dia que tive.

— A salmonela — eu disse devagar — é uma preocupação de saúde muito grave. São mais de 40 mil casos de salmonela diagnosticados todo ano. Desculpe se você ou Mike acham que é uma perda de tempo.

Adam suspirou.

— Não me venha com essa, Becky. Você só precisa ter um pouco de perspectiva. Dê algum tempo...

Tempo? Isso era artigo de luxo.

— Eu não *tenho* tempo — eu disse, piscando para afugentar as lágrimas traidoras. — Esta é a única chance que vou ter para fazer esse trabalho. — E eu já a perdera. *Eu já a perdi.* Mas ainda era a única a saber disso.

— Não é verdade — insistiu Adam.

E como eu podia contar a Adam? Eu podia confiar que ele não ia fofocar sobre mim na IBS — não se tratava disso. Mas não suportava admitir a ele que tinha fracassado. Como um dia ia convencer a mim mesma de que era boa para ele?

Balancei a cabeça.

— Você não entende. Como pode entender? Eles me contrataram para ser incompetente.

—Você *não* é incompetente.

Ah, sim, eu era. Se Adam soubesse... Não — se houvesse um jeito de evitar que ele *um dia* soubesse.

— Tenho que fazer esse trabalho — eu disse, mais para mim mesma do que para ele. — Preciso fazer. Vou fazer, nem que seja por cima do *meu* cadáver.

A expressão de Adam ganhou parte da aspereza que vi nos rostos das pessoas do trabalho. Será que eu realmente tinha enlouquecido? Agora a loucura aparecia na minha cara?

É claro. Eu estava parada numa via pública, gritando — com *Adam*, justo com ele. Adam, que nunca foi nada além de gentil comigo. Adam, que era exatamente quem disse ser, que respeitava o trabalho que eu fazia. Que, além de tudo, respeitava *a mim*, quer eu fosse produtora executiva do *Daybreak* ou não. Ou de qualquer outro programa.

Suspirei, andei até ele e plantei um beijo em seu nariz.

— Desculpe — eu disse. — Não pretendia descarregar em você também.

Ele me olhou, solidário, mas sem pena de mim.

— Bloody Marys no brunch?

Assenti.

— Mas é claro que sim.

Havia alguma coisa de mágico no Bloody Mary. Ou isso ou ficar com Adam me restaurava muito mais do que eu pensava, mesmo quando estávamos de roupa. Porque, no final do brunch, eu começava a me sentir um pouco eu mesma de novo. A mulher que podia demitir Paul McVee. A mulher que podia arrastar Mike Pomeroy para o *Daybreak* como um caçador carregando um troféu.

Talvez eu afundasse, mas iria afundar nadando.

Quando voltamos ao prédio da IBS, fui direto à sala de Jerry. A secretária dele, possivelmente se perguntando se eu iria surtar de raiva, tentou me obstruir a passagem.

— Humm, você não marcou hora... — ela pulou na minha frente.

Mostrei-me firme.

— Eu sou de Jersey e tenho um spray de pimenta no chaveiro. Agora *saia da minha frente*.

— Coca comum ou Diet? — perguntou ela, toda dócil.

Passei rapidamente por ela e irrompi na sala de Jerry. Ele estava sentado à sua mesa, cuidando da papelada. Nem levantou a cabeça quando entrei.

— O que é agora? — perguntou ele, entediado. — Vai me dar um tiro?

— E se o índice de audiência subir? — eu disse, meio sem fôlego demais para meu gosto, mas falando com toda a clareza.

Agora Jerry levantou a cabeça. E não parecia nada satisfeito.

— Temos seis semanas — continuei. — E se movermos um pouco o ponteiro?

—Você não vai — disse ele, voltando ao trabalho.

—Você não sabe disso.

Jerry suspirou e baixou a caneta.

— Becky...

Aproximei-me de sua mesa.

— Deve haver algum número que possamos atingir, que nos daria alguma chance. Mais seis meses, algo assim.

— Mas certamente — disse Jerry, num tom que sugeria que devia também haver uma chance de a mobília do escritório de repente se levantar e dançar tango. — Se conseguir coisa tão absurda. Mais de 1,5...

— Feito. — Bati na mesa e girei nos calcanhares. —Tenho sua palavra — eu disse ao me encaminhar para a porta. — Se a audiência subir mais de três quartos de ponto, teremos mais tempo.

— Não vai acontecer! — disse Jerry às minhas costas.

Parei na porta.

—Veremos — eu disse. E, já que eu estava fazendo exigências... — Ah, a propósito. Sabe a sua namorada, a Lisa? Arranje um dicionário para ela e a enfie no programa de outra pessoa. Ela está me matando.

Se saíssemos do ar, essa amantezinha iria mesmo precisar de outro emprego. Então ela podia muito bem se acostumar com a ideia desde já.

E eu fui embora. Tinha muito trabalho a fazer.

★ ★ ★

Na manhã seguinte, eu tinha tudo arranjado. Era bom que a equipe do *Daybreak* estivesse morta de medo de mim de novo. Mas eu não me importei. Se tivesse de impor o medo para conseguir colocar essa gente na linha, então seria assim.

Esta manhã eu lhes daria um exemplo poderoso do meu novo estilo de gerenciamento.

— Aí está você — disse Lenny quando cheguei ao estúdio, meio descabelada, mas pronta para a ação. — Onde esteve?

Atravessei a sala e peguei a programação na mesa.

—Vamos mudar algumas coisas.

—Vamos? — perguntou ele. — Devo me preocupar?

Virei-me para Merv.

— Ernie está preparado?

Merv verificou o monitor.

— Humm, não tenho muita certeza do que estou vendo...

Agora Lenny parecia preocupado.

— O Ernie devia estar entrevistando gente saindo da montanha-russa...

— Não — eu disse com firmeza. — Não vai mais.

Ernie, abençoado seja seu coração simples e de bom caráter, ficou muito otimista com minha ideia. Mas eu não dera a ele muita oportunidade de dizer não.

— Merv — eu disse —, a câmera é operada remotamente. Por que não abre um pouco a imagem?

Merv e Lenny trocaram olhares, depois o diretor fez o que mandei.

— Meu Jesus — disse Lenny, e fez o sinal da cruz. Sua fé, pelo que eu via, era misteriosa e elástica.

Ernie não estava mais parado diante da montanha-russa. Estava afivelado dentro dela.

— Chama-se entrar no jogo, pessoal — eu disse, enquanto todos no estúdio se viravam para mim. — A partir de agora, toda matéria que fizermos será inquestionável. Podemos não ser o *Today*, nem o *Good Morning America*, nem mesmo aquele programa da CBS chamado...

Ah, meu Deus! Será que estava perdendo o juízo de novo? Não importa. Era tarde demais, e talvez precisássemos mesmo de um pouco de loucura. Como era a frase mesmo que procurei? Ah, sim: *Estou louca de raiva e não vou mais aguentar isso!*

—Vamos trabalhar *mais*, seremos mais *agressivos*, e vamos fazer isso *agora*.

Lenny me olhou, apavorado.

—Você vai...

— Não — eu disse. — Não vou cantar. Agora... — Apontei para a tela. —Veja se o áudio está funcionando.

Merv obedeceu. Lenny balançou a cabeça.

— E daí? Então, ele tem um ataque cardíaco e nós vamos poder pegar cada grito angustiante?

Exatamente. Apertei o botão para ligar o ponto de Ernie.

— Ernie? Está tudo bem?

Ele sorriu para a câmera e mostrou o polegar para cima.

— Está vendo? — eu disse. — Ele está feliz.

— Os burros costumam ser felizes — respondeu Lenny, franzindo profundamente a testa.

No set, Colleen começou a apresentar o segmento de Ernie. "Os que gostam de emoções fortes têm algo a esperar neste verão, quando o Six Flags inaugura uma montanha-russa nova em folha. A Manhandler é a montanha-russa mais rápida dos Estados Unidos, com velocidade de mais de 200 quilômetros por hora em um ângulo de descida de 95 graus."

Lenny me olhou, em dúvida. Fora do vídeo, Mike se sentava a sua nova mesa, de braços cruzados, a expressão muito mais do que dúbia. Mais perto de "enojado".

Colleen ainda falava. "Hoje nosso Ernie Appleby vai dar uma espiada neste brinquedo novo e incrível. Não é isso mesmo, Ernie?"

Todos os monitores passaram a Ernie na montanha-russa. Suas pernas estavam penduradas para fora da base do arnês, as calças estranhamente puxadas para cima, revelando panturrilhas macilentas e surpreendentemente sem pelos.

E também meias descasadas. Virei os olhos para cima, depois percebi, lembrando-me da base de fãs de Ernie, que eles provavelmente também achariam isso encantador.

"Sim, é empolgante", dizia Ernie. "Fixamos a câmera em nosso assento para que agora, como cortesia do *Daybreak*, você veja exatamente, junto comigo, como é andar numa coisa dessas!" Ao fundo, podia-se ouvir o *chug-chug-chug* constante do carro sendo puxado pelo primeiro aclive. "Até agora", disse ele, olhando em volta, "é um passeio bem bonito. Tenho uma vista incrível aqui de cima. O céu todo azul, menos por algumas nuvens..."

Na sala de controle, alguns deram risadinhas. Só mesmo Ernie para fazer a previsão do tempo em uma matéria sobre uma montanha-russa. O que viria depois, uma declaração sobre a sensação térmica?

"Agora estou indo para o primeiro *loop*!", exclamou ele.

"Boa sorte, Ernie", disse Colleen.

O carro da montanha-russa avançava com ruído, a velocidade e o volume do som aumentando à medida que Ernie ia chegando ao pico. Nuvens brancas e gordas emolduravam seu rosto. Ele parecia um querubim da Renascença. Bom, se Rafael tivesse pintado um deles afivelado ao banco de vinil de uma montanha-russa.

"É tão excitante!", dizia Ernie. "Isto é..."

O ruído parou. A câmera se fixou na cara de Ernie. Começaram gritos ao fundo enquanto o sorriso de Ernie desaparecia, substituído por uma expressão de puro terror.

"Ai, meu Deus", ele gritava, "AimeuDeusaimeuDeusmeuDeus."

— É mesmo — disse Lenny a mim. — É uma ótima ideia.

Segundo o diagrama que eu vira da Manhandler, neste momento Ernie devia estar caindo no primeiro de três parafusos.

"PUUUUUUUUUUUUT..." — gritava Ernie.

Merv mergulhou para o botão *mute*.

— Consegui!

Mas Ernie, aparentemente, ainda gritava a plenos pulmões na tela. Nós o vimos girar pelos *loops*, o cabelo voando para todo lado, a papada batendo com a força da gravidade enquanto ele girava. Era inacreditável. Era assombroso.

Eu tinha esperança de que as pessoas estivessem vendo isso. Caso contrário, era inteiramente possível que eu só estivesse matando meu meteorologista por puro capricho.

— Será que ele parou de xingar? — perguntou Merv. Ele ligou o áudio interno. "Mamãe!", gritava Ernie. "Mamãe! Socorro!"

Eu ri.

— Tudo bem, coloca isso no ar.

— É pra já. — Merv ligou o comutador.

Alguns instantes depois, o passeio tinha acabado. Vimos Ernie, de peito arfando, olhos arregalados e chorosos, vindo pelo canto final da montanha-russa e voltando à área de embarque. Seu cabelo estava soprado na cara, o rosto e o nariz estavam rosados.

"Ernie?", perguntou Colleen, nervosa. "Como foi?"

Um sorriso imenso se abriu na cara do meteorologista. "Posso ir de novo?"

16

Naquela tarde, todos estavam voando alto. Isto é, todos menos Mike.

Ele saiu num rompante depois da transmissão, ficou sentado num silêncio pétreo durante a nossa reunião de almoço, depois me encurralou no corredor dos Serviços de Apoio.

— Mas você chama isso de jornalismo? — gritou ele. Fiquei surpresa que ele não estivesse agitando o punho para mim. — E agora, o que vai fazer com o sujeito? Plantar eletrodos no saco dele?

— Com que finalidade? — perguntei calmamente, como se estivesse mesmo curiosa.

Isso o enfureceu ainda mais. Que bom.

— Sabe de uma coisa? Eu tenho muita pena daquele idiota animatrônico.

— Não desperdice sua compaixão — rebati. — Ernie está emocionado. Já temos 80 mil acessos no YouTube. *E* —

um fato que era muito mais importante para mim — uma projeção nos pontos minuto a minuto. Ele é um superstar.

— É um palhaço — Mike me corrigiu.

— Relaxa. — Olhei a seleção de muffins. A essa altura, muito restrita. Os únicos que restavam eram integrais. E nenhum Danish. Droga.

— Sabe o que percebi? — Mike se curvou, a voz mais baixa. — As pessoas só dizem "relaxa" quando levam o primeiro dedo no rabo.

É mesmo? Os executivos da IBS basicamente meteram o dedo no meu, mas não ouvi nada desse gênero. Vire-me de frente para ele.

— Odeio te dar essa notícia, Mike, mas a realidade é que o país... não, o *mundo*... debateu noticiário *versus* entretenimento por anos. — Bati um muffin no meu prato. — E adivinha só? Seu lado *perdeu*.

— Está enganada. — Pela primeira vez, Mike parecia ter a mesma raiva que eu sentia. — As pessoas são inteligentes. Querem informação, e não lixo... Que é só o que você quer dar a elas. — Ele pegou um donut com glacê e agitou na minha cara. — Lixo! Doce, doce e mais doce.

Eu peguei meu muffin.

— O que *você* quer que elas façam? — Empurrei meu muffin para ele. — Comer integrais todo dia? Fibra, fibra e mais fibra?

Sacudimos nossa comida na cara um do outro por mais um momento, até que fomos interrompidos por Lenny. Ele deu um pigarro e passou por nós para pegar uma maçã.

— Mas que ambiente de trabalho espantoso — disse ele.

Baixei o muffin e respirei fundo, na esperança de reduzir meu status de *lunática* para meramente *estressada*.

— Temos que conquistar audiência, Mike. Precisamos, ou poderemos ter um monte de ideias nobres e *não estar no ar*. — Ele não se lembrava como era? Não estar no ar? Não fazer noticiário nenhum, por mais tolos ou insignificantes que alguns pareçam? Isso não era melhor do que nada?

Por que eu não conseguia fazer com que ele entendesse isso?

Aproximei-me mais dele.

— Este programa pode ir por água abaixo, Mike, mas não porque eu não esteja me esforçando ao máximo. Você me ouviu? Não ligo mais para o que você faz, mas *eu não vou desistir.*

— E depois, quando ele começou a gritar? — Anna riu e tomou outro gole do chardonnay. Eu a convidei para meu apartamento tamanho selo postal para uma noite de mulheres. — Cara, essa foi brilhante. Não sei como você se livrou do cara xingando desse jeito.

— Ao que parece, o tempo entre o P e o TA foi tamanho que os advogados da IBS classificaram como expressões separadas e distintas. — Peguei a garrafa equilibrada precariamente na beira de minha arca-mesa de centro e servi as últimas gotas na minha taça.

— A gente deve ter visto umas cinco vezes no trabalho. Um Becky Fuller clássico.

Clássico? Ergui as sobrancelhas. Eu nunca prendi Harold, o Meteorologista Hip-Hop, em uma montanha-russa no *Good Morning, New Jersey*. Mas talvez tivesse feito isso, se ele parasse de fazer rap. Talvez eu sugerisse o mesmo a Anna.

— Como vai no trabalho? — perguntei a ela.

— Tudo bem. — Anna deu de ombros. — O Chip é meio rigoroso demais com as coisas. E na semana passada tivemos de explicar a ele onde ficava New Providence. Ele achava que estávamos falando de Rhode Island.

Eu gemi.

— Ele não pensou em levar um mapa quando assumiu o emprego?

— O cara não é de Jersey — disse Anna. — Ele vai entender. Um dia.

— Um dia antes de você ir embora? — perguntei.

Ela riu.

— Por que, Becky? Está contratando?

— Bem que eu queria! — Seria ótimo ter Anna na minha equipe de novo. Só conversar com ela com uma garrafa de vinho já fazia maravilhas pelo meu humor. Mas mesmo que eu conseguisse ganhar mais um tempo para o programa melhorar a audiência, não havia como ter a capacidade de conseguir uma nova produtora.

Anna se levantou do sofá e caminhou dois passos até a parede mais distante.

— Becks, vou ser franca com você. Seu apartamento caberia na minha entrada para carros.

— Meu apartamento caberia no carro que tive que vender para pagar por ele — respondi. — Isso não é novidade. Que tipo de funcionária de noticiário você é? — Sacudi a garrafa de vinho, de cabeça para baixo, por cima de minha taça.

— Com certeza uma que não faz muito bem reportagens investigativas — respondeu ela. — Eu nem te interroguei sobre esse tal de Adam.

— Adam — eu disse — é um sonho.

Ela pulou de volta ao sofá.

— Conta mais!

— É um amor. E inteligente. E me apoia.

— Adam — ela disse — é imaginário.

Eu ri.

— Na verdade, sabe quando percebi que realmente gostava dele?

Ela se curvou para mim com os olhos iluminados. Não havia nada que Anna Garcia gostasse mais do que um bom romance. Por isso ela teve tantos.

— Quando?

— Quando ele atendeu o BlackBerry no meio do nosso primeiro encontro.

Ela piscou, sem acreditar.

— Ele fez *o quê*?

— Eu sei! — Eu sorri. — Percebi então que éramos perfeitos um para o outro.

— Então ele é tão louco quanto você, é o que está me dizendo. — Anna esvaziou sua taça.

Olhei o fundo da minha, pensando no que havia planejado para o dia seguinte.

— Não, meu bem. Ninguém é tão louco quanto eu.

No dia seguinte, bem cedo, eu estava postada na frente de um prédio de apartamentos de luxo em Central Park West. Minhas fontes me disseram que este alvo — um artista hip-hop de sucesso que, sem dúvida, aumentaria nossa audiência — tendia a dormir tarde. Bebi todo um café tamanho grande enquanto esperava, mas comecei a me preocupar que não fosse lá uma grande ideia. E se ele preferisse que eu bebesse água vitaminada?

Olhei as pessoas entrando e saindo do edifício e, a cada vez, minhas esperanças se elevavam, mas nunca era ele. Por fim, quando eu estava quase desistindo e ia procurar um banheiro — café grande, lembra? —, vi minha presa sair do prédio e seguir em direção a um Cadillac Escalade preto que o aguardava.

Corri para interceptá-lo.

— Com licença! — eu chamei, depois fiquei paralisada. Será que devia chamá-lo por seu nome verdadeiro? Seu nome artístico? O que era mais conveniente aqui?

O homem em questão virou-se e me olhou sem expressão. Por algum motivo, a única coisa em que pude pensar foi que esse cara tinha estado na prisão. O que havia comigo, perseguindo gente que portava armas de fogo?

— Desculpe incomodá-lo — eu disse rapidamente a meu alvo. — Sou uma fã sua, uma grande fã.

—Você.

— Ah, sim. — Estalei os dedos e comecei a cantar. Tenho que confessar, não sou muito boa em rap.

— É, já ouvi essa — disse ele, parecendo entediado.

— Um clássico e tanto — eu disse. — Mas então... Meu nome é Becky Fuller e sou produtora executiva do *Daybreak*, sabe?

— Do quê?

— Caramba, você também é engraçado! — exclamei com uma falsa alegria. — Adoraríamos ter você no nosso programa. Vamos lhe dar um tempo duas vezes maior do que o *Today* e vamos deixar você cantar as músicas de seu novo disco. Pense nisso.

Ele semicerrou os olhos.

— Qual é o seu programa mesmo?

— O *Daybreak*? Na IBS?

— Ah, hummm... Sim. — Pelo modo como ele disse, pareceu "Ah, hummm... não".

Entreguei-lhe meu cartão.

— Me dê uma ligada um dia desses. Adoraríamos ter você!

— Beleza. — Ele meteu o cartão no bolso da calça e entrou no carro com motorista.

Contive o grito e a dança de triunfo até que o carro tivesse se afastado.

No dia seguinte, no *Daybreak*, preparamo-nos para a próxima "Aventura Atmosférica" de Ernie. O título do segmento fora ideia de Sasha, mas eu gostei. Associava os deveres oficiais dele com a nossa nova abordagem.

Pelo menos tínhamos um padrão. Mais uma vez a câmera fechava no rosto e no tronco de Ernie. O espectador sabia que ele estava preso a alguma coisa. O espectador sabia que ele estava nervoso. Mas o que o espectador não sabia era o que estava prestes a acontecer.

"Continuem conosco", dizia Colleen, "para a mais recente 'Aventura Atmosférica' de Ernie."

A julgar por nossos seguidores do YouTube e amigos do Facebook, eles continuariam. O índice pontual de audiência era bom e eu fiquei de dedos cruzados para que os próximos relatórios trouxessem esta tendência.

Quando voltamos a Ernie, a imagem se abriu e nós o ouvimos dizer: "Esses jatos de combate exercem um estresse impressionante em seus passageiros, com a força de gravidade às vezes chegando a alcançar..."

Um gemido alto encheu a tela enquanto os motores rugiam e Ernie decolava. Seu sorriso oscilava e o avião tombava para trás.

"Tudo bem, gente, lá vamos nós! Lá vamos nós, pessoal! Lá vamos..."

— Humm, chefe? — perguntou Merv. — Corto o vômito?

— Corta — eu disse. — Mas essa política só se aplica ao vômito. Mantenha o sangramento nasal.

Na tela, Ernie começava a entrar em pânico. "Ah, puuuuuuuuuuuuuut..."

— Corta o som — sugeri. Merv cortou.

Mas então, melhor do que um sangramento nasal, e muito mais bonito do que vômito, tiramos a sorte grande: Ernie desmaiou.

Eu estava vendo o índice de audiência quando Colleen me alcançou no corredor. Não parecia nada satisfeita.

— Preciso falar com você — disse ela. — Sobre Ernie.

Olhei-a, desconfiada. Será que Mike a arregimentara de alguma maneira? Ela ia me fazer um sermão ridiculamente passional sobre a santidade dos noticiários?

— Você também? — suspirei. — Por que todo mundo está se preocupando tanto com ele? Ele é adulto, assinou todos os formulários de autorização, o seguro de vida está totalmente pago...

— Uma ova que estou preocupada — disse Colleen.
— Ernie é medíocre e você sabe bem disso. Mas continua dando a ele todas as coisas boas.

Parei de andar e lhe dei toda a minha atenção.

— Eu teria *arrasado* naquela montanha-russa — disse Colleen. — E a expedição de bungee amanhã? Ora essa! Quem você prefere ver gritando?

Nisso, Colleen tinha razão. Ela até podia fazer aquela mágica dos três quartos de ponto de que nós precisávamos para manter o programa no ar.

Colleen se aproximou.

— Olha, sei o que você está fazendo e acho ótimo. É exatamente o que eu esperava. Me coloca nessa, chefe. Pode me recrutar. Ou como você quiser chamar. Estou dentro.

Eu sorri.

— Ótimo — eu disse. — Alguma ideia em particular?

Colleen esfregou as mãos, em júbilo.

— Bom, já que falou no assunto...

O dia seguinte trouxe um presente especial para os pedestres matinais que passavam pela praça da IBS. Colleen Peck, coâncora do programa matinal *Daybreak*, estava metida num enorme traje de espuma de lutador de sumô, agarrada a um ringue improvisado com um verdadeiro lutador de sumô.

Lenny e eu víamos os acontecimentos da sala de controle. A expressão dele ainda era apreensiva.

— O quê? — eu disse, gesticulando para a tela. Atrás da circunferência falsa de Colleen, eu via uma multidão se formando. Alguns estavam ao celular, sem dúvida contando aos amigos e familiares em casa que tinham de ligar na IBS. Outros erguiam os ditos celulares, tentando fazer sua própria gravação em vídeo do evento. Era um sucesso garantido.

— Ela está... *rosnando* meio demais, não acha? — perguntou Lenny, franzindo o lábio superior.

Rosnando? Ótimo. Virei-me para Merv.

— Pode aumentar o som?

No dia seguinte, tivemos uma hora de diversão animal no estúdio. Sarah parecia no sétimo céu ao conduzir o tratador de animais para o set de sala de estar, onde Colleen estava preparada e esperava. Tivemos de passar um pouco mais de maquiagem para esconder os hematomas, mas ela levou tudo na esportiva. Quem podia imaginar que os lutadores de sumô eram tão durões?

Colleen apresentou nosso convidado e sua carga: uma coisinha mínima parecida com um esquilo que se chamava petauro-do-açúcar. Aparentemente, era a última moda como bicho de estimação das celebridades.

"Que lindo", arrulhou Colleen, enquanto o tratador estendia a criatura para a câmera. "Então, são marsupiais?"

Apertei o botão que ligava o ponto de Colleen.

— Pegue — sugeri.

Colleen obedeceu.

O tratador ficou meio alarmado. "Só precisa ter o cuidado de não levá-lo para perto de seu rosto."

Colleen me lançou um rápido olhar, depois aninhou o marsupial no rosto. "Aaaai, é tão macio. Coisinha fofa..."

O petauro se retorcia na mão de Colleen, depois desapareceu na manga de seu blazer. Ela gritou e começou a pular pelo set, tentando desesperadamente soltar o animal às sacudidas da alça de seu sutiã.

Por fim, Colleen o pescou pelo decote. "Bom", disse ela, segurando a criatura com o braço estendido, "eles não são uma diversão para toda a família?"

Ponto para nós.

A agitação na web acompanhava a audiência pontual e os últimos relatórios mostravam uma elevação muito clara — embora leve. Estava dando certo. Eu só precisava continuar assim. Pressionar um pouco mais.

No dia seguinte, Colleen participou de um número com um monte de crianças da cidade que faziam parte de uma trupe de dança que angariava dinheiro para a caridade. Era comum para a turma dos programas matinais, é claro, mas Colleen deu uma melhorada ao se vestir como as crianças, com uma malha rosa e um tutu gigante da mesma cor.

Os acessos no YouTube começaram a competir seriamente com os de Ernie.

Evitei Mike ao máximo. Havia um limite para os olhares pétreos de reprovação que uma mulher podia suportar. Ele continuava dando as notícias com suas maneiras secas de sempre, e suas expressões de repulsa por minha tática, dentro e fora do set, eram tão ubíquas que passaram a ser invisíveis. Ninguém prestava mais atenção nele. E por que respeitariam, quando podiam ver o espetáculo infinitamente mais divertido de Ernie Appleby fazendo uma tatuagem na bunda?

Sim. Tatuagem. Na bunda. Ao vivo, pela TV. Meu Deus, eu sou boa mesmo.

Ernie era muito boa-praça. Ficou sentado ali à mesa, com todas as partes relevantes cobertas, a não ser por um flanco branco e favorável a uma transmissão pela TV.

Meu meteorologista dirigiu-se à câmera com equanimidade, segurando o desenho de um tornado com dois raios saindo do alto. "O caso é que as tatuagens podem ser muito dolorosas, dependendo da sensibilidade da área que é perfurada com uma agulha." Ele riu. "Por isso escolhi um lugar com algum amortecimento extra."

O tatuador o furou com a agulha.

A expressão de Ernie ficou resignada e depois: "Ah, puuuuuuuuuuuut..."

Merv cortou o som.

Assim que o segmento acabou, voltamos ao estúdio, onde Mike parecia ter passado o intervalo mascando carne podre. "Quando voltarmos, contaremos tudo sobre as novas maneiras de lidar com a", ele fez uma careta, obrigando-se a cuspir a palavra, "menopausa."

Bem feito para ele!

Eu não me importava. Segundo meu índice de audiência, já tínhamos subido um quarto de ponto. Só faltava mais meio.

Em seguida, agendamos aquele artista hip-hop, graças a minha generosidade inaudita quando se tratava de tempo de apresentação, e no set da sala de estar Colleen batia palmas enquanto ele cantava um de seus mais recentes sucessos. O rapper lançava a ela olhares confusos, afastando-se daquela branca de meia-idade que também se intrometia na música sempre que ele chegava ao refrão.

Depois do programa, Lenny me viu dando instruções a uma turma de carpinteiros.

— E agora, o que está havendo? — perguntou ele.

Eu sorri para ele.

— Maçanetas novas.

— Tá brincando! — Lenny assoviou. — Como encontrou folga para isso no orçamento?

— Não achei. Ah, por falar em espaço, abra algum na programação de amanhã para o novo segmento de Colleen sobre "Quando Chamar um Especialista para os Reparos Domésticos".

Um dos carpinteiros olhou e me mostrou o polegar calejado.

—Vamos ter alguns carpinteiros locais para explicar por quê.

— Claro que vamos — disse Lenny. — Mas é claro. E aí, na matéria do CEO, quer que a prostituta travesti venha vestida de homem ou de mulher?

Pensei no assunto.

— Homem. Não. Mulher.

— Porque o choque pode ser maior se...

— Já sei! — exclamei. — Entra no primeiro segmento como mulher e depois, bum! Após o intervalo, volta como homem. O que acha?

— Gostei. — Lenny fez uma marca em sua prancheta. — Quer dizer, para seus propósitos vis, não para o aprimoramento da humanidade.

— Cale a boca, Mike Pomeroy — repliquei.

— É isso aí, chefe. — Ele se virou para sair, depois parou. — Ah, e temos as imagens do Irish Famine Memorial.

Eu quiquei.

— Como estão?

— Colleen é a pior tocadora de gaita de foles da história do mundo.

Perfeito.

— E a roupa?

— Mais ridícula ainda — Lenny suspirou. —Tem certeza de que sabe o que está fazendo aqui, Becky? Não estamos nos passando por bobos?

— Não — eu disse. — Nós já somos bobos. Agora só estou tentando reverter essa impressão a nosso favor.

E eu torcia para que desse certo.

17

—Nossos demos estão melhorando — eu disse enquanto Adam me passava uma caixa de yakisoba —, mas nossos números gerais não estão onde deviam. — Tínhamos um fim de tarde tranquilo no apartamento de Adam, sentados no sofá, jantando comida delivery enquanto a TV balbuciava ao fundo. Eu não trocaria isto pela sala VIP de qualquer boate de Manhattan. Afinal, elas não tinham Adam.

— Hummm... — disse ele, e mergulhou o rolinho primavera no molho de ameixa. — Pode ser a hora de mais uma série de oito partes sobre o orgasmo.

— Acha mesmo? — perguntei, os hashis a meio caminho da boca. — Que novo ângulo podíamos... — parei. Adam sorria para mim. — Ah, entendi. — Cutuquei seu pé com o meu, de meia. — Está me zoando.

Ele me abriu um sorriso torto.

— Se quiser, porém, ficarei feliz em ajudar a pensar em novos ângulos.

— Talvez mais tarde. — Eu cavouquei minha comida. — Não posso perder o *Nightly News*.

— Infelizmente — disse Adam, olhando seu prato —, com você isso não é uma piada. Você realmente prefere noticiários a sexo.

— Não é verdade.

— Ah, não? — Ele começou a contar nos dedos. — Na primeira vez que dormiu aqui, eu a encontrei fazendo uma visita furtiva à MSNBC no meio da noite. Na semana passada, você cancelou nosso encontro para ver uma fonte, no que — ele ergueu a mão — eu a apoiei inteiramente. E outra noite passei vinte minutos tentando fazer com que você prestasse mais atenção a mim do que a Rachel Maddow.

— Ela estava fazendo um segmento muito interessante sobre...

— Rachel Maddow — disse Adam — já tem namorada. Prefiro que a minha fique comigo.

Prendi a respiração.

— *Namorada?*

Ele me olhou.

— É. Ela é...

— Não — eu disse. — Quer dizer, você me chamou de sua namorada. Eu... não sabia que estávamos assim.

— Oh. — Havia algo de encantadoramente tímido na voz dele. — Bom, *eu* estou. Espero que não se importe.

— Não — eu disse. — É ótimo. Mas você é meio obcecado por subterfúgios, não é? Quer dizer, primeiro me convida para sair sem me convidar para um encontro, depois sou sua namorada antes de saber disso.

Ele sorriu.

— Coma seu macarrão.

Eu sorri também e fiz o que ele me disse. Depois de um minuto, peguei o controle remoto.

— Posso colocar na CNN só por um minutinho? Pode haver alguma coisa sobre aquele serial killer que tuita para suas vítimas...

Ele grunhiu e não olhou para mim.

— Tem razão — eu disse rapidamente. Desliguei a televisão e coloquei o controle remoto firmemente na mesa. — Não é importante. Vou me preocupar com isso amanhã.

Minha resistência foi recompensada com o toque tranquilizador de sua mão em minha coxa e eu me aninhei nele. As notícias podiam esperar. Podiam esperar mesmo. Será que eu era uma viciada que não conseguia me desligar por uma ou duas horas e passar algum tempo com um gato inteligente e divertido que gostava de mim o bastante não só para querer jantar e transar comigo — *mais de uma vez* —, mas que também me chamava de namorada? Viria esse vício de não fazer nada, só de ver os noticiários à noite — toda noite? E eu sabia como sobreviver sem isso?

Quando havíamos acabado o jantar, fomos juntos para a cozinha para lavar pratos e copos. Eu estava raspando uns restos de arroz frito na pia quando senti os braços de Adam me envolvendo por trás. Algo quente me subiu por dentro e eu me encostei em seu peito, deliciando-me ao senti-lo apertado em minhas costas. Pare de se preocupar em se provar, deixe o trabalho no escritório pelo menos uma vez. Noites assim me fazem perguntar como seria minha vida se eu conseguisse. E se eu aumentasse a audiência em três quartos de ponto? E se eu transformasse o *Daybreak* em... Bom, não num sucesso, mas num programa sólido? Algo estável e forte que podia ficar no ar por mais 47 anos. Eu provei que podia fazer isso. Seria uma produtora executiva de sucesso. Isso bastaria, não é? Eu me mudaria para um apartamento melhor em Manhattan — talvez com Adam. Mas que droga, ele continuaria com esse *modus operandi* e eu com minha falta de noção com os relacionamentos, provavelmente, eu só perceberia que estávamos morando juntos algumas semanas depois de termos assinado um contrato de aluguel e nos mudado.

Ai, meu Deus, eu nem acreditava que estava fantasiando morar com Adam. Era cedo demais para qualquer devaneio assim. Cedo demais para passar o tempo imaginando o casal insuportavelmente lindo de noticiário de TV que poderíamos nos tornar.

Lá ia eu de novo. E não ajudava nada que Adam plantasse beijos quentes e molhados em meu pescoço. Não ajudava sentir seu cheiro a cada respiração. Girei em seus braços e colei a boca na dele. Passei as mãos pelo seu pescoço e tombei a cabeça para podermos ficar mais próximos. Ele me encostou na pia, com as pernas deslizando entre as minhas. Meus olhos se abriam palpitando quando vi, pela janela da cozinha de Adam.

A TV do vizinho. Na CNN.

A respiração de Adam se acelerou e eu voltei minha atenção para sua boca e seu pescoço. Plantei alguns beijos leves como plumas em sua clavícula, mas continuei de olho na TV. Eles já estavam fazendo a matéria sobre o serial killer?

Os dedos de Adam deslizaram por baixo da minha blusa e ele gemeu um pouco. Meu ângulo não era o melhor para ver a tela. Eu me mexi alguns centímetros para o lado, com um olho no meu namorado, o outro vendo pela janela. Pronto, assim estava melhor.

— E então — sussurrou ele. — No quarto, ou aqui mesmo na bancada?

— Hummm... — eu disse vagamente. Tudo bem, assim estava melhor, mas ainda não era perfeito. O que dizia a legenda na tela?

De repente, percebi que Adam tinha parado de me beijar.

— O que está fazendo? — perguntou ele. Adam tentou girar o corpo, mas fui rápida demais e comecei a puxá-lo para fora da cozinha.

— Vem — eu o seduzia. — Vamos...

Ele tirou as mãos das minhas e foi até a janela.

— Minha nossa — disse ele com desânimo. — Dá para ver a TV do vizinho daqui. E com legenda. Que legal!

— Adam — implorei.

Mas ele só balançou a cabeça.

— Isso é muito depravado.

Abri a boca para protestar, mas parei.

— Sabe de uma coisa? — eu disse, assentindo. — Você tem razão.

Ele me olhou, confuso.

— Você venceu. Me pegou. Eu tento ver cada matéria. É o que eu faço. — Saí da cozinha e apanhei o casaco.

Ele me seguiu.

— O que está fazendo?

— Você me olha como se eu tivesse algum problema. O tempo todo. — Mas que droga, cadê os meus sapatos? O esquerdo estava debaixo do sofá, o direito... Procurei pela mesa de centro. — Não posso fazer isso...

Adam cruzou os braços.

— Essa é a declaração mais ridícula que você já fez, e a competição para esse título é dura.

Localizei o sapato direito, calcei o pé e levantei a cabeça. Ah, é? Eu era ridícula e depravada, não é?

— Você não entende — exclamei. — É tão fácil para você, mas eu não posso ficar de guarda baixa. Nunca. Ainda não conseguimos entrevistar ninguém importante, a não ser que a gente deixe que eles assumam todo o programa, e não sei bem se isso está nos ajudando com os fãs acidentais, ou só com os dedicados. E os acessos no YouTube são ótimos, mas estão se traduzindo em audiência? Há algumas semanas, deixei de conseguir uma entrevista com a mãe do incendiário...

— Ah, meu Deus! — exclamou Adam. Ele levantou as mãos, frustrado. — Você ainda está obcecada com isso?

— Claro que estou! — enfiei os braços em meu casaco e o ajeitei com um dar de ombros. — Não posso perder *nada*. Basta cometer um erro, e não tenho outra chance.

— Meu Deus! — Ele passou a mão nos cabelos. — Precisa pegar um pouco mais leve consigo mesma.

— E por quê? — perguntei. — Ninguém mais faz isso. Tenho que trabalhar mais do que...

— Becky, isso não tem nada a ver com a realidade — disse ele, frustrado. — É só a sua paranoia ridícula com a sua...

— Eu não pertenço ao clube dos brancos sortudos como você e todos os outros produtores executivos de programas matinais e todos os caras chamados Chip!

— ... experiência e formação — concluiu Adam, como se eu não o tivesse interrompido.

Retribuí o favor.

— Quer dizer, quem batiza o filho de *Chip*? O que é *isso*?

Adam não respondeu, só me olhou com um misto horrorizado de choque e pena. Eu era depravada, ridícula e paranoica.

Perfeito. Simplesmente perfeito. Pelo menos concordávamos quanto a meus defeitos.

— Está vendo? — eu disse, gesticulando para ele. — É este olhar. Este. Preciso ir. — Peguei minha pasta e praticamente disparei porta afora.

— Becky, espere um segundo.

Sua voz era tão triste que, por uma fração de segundo, hesitei, a mão já na maçaneta. Mas não podia.

— Desculpe — eu disse, e saí pela porta.

Mal havia entrado no táxi quando me dei conta do erro de merda imenso que tinha cometido. De novo. Eu fugi de Adam quando o vi com a loura. E esta noite fugi dele assim que ele cutucou a ferida gigantesca e purulenta que era minha insegurança profissional. *Chip!* Eu o comparei a Chip e dei uma olhada na televisão do vizinho enquanto ele me beijava, e agora estava sentada ali num táxi escuro que cheirava vagamente a vômito em vez da cozinha iluminada e aconchegante de Adam, tudo porque eu não conseguia me desligar. Nem por uma noite.

O locutor da TV do táxi dizia: "Um acontecimento interessante na Califórnia hoje..."

Desliguei o aparelho e olhei pela janela. Está vendo? Eu podia fazer isso.

Olhei as ruas escuras de Manhattan. Ainda era cedo, então as calçadas ainda estavam cheias de gente. Pais correndo para seus filhos em casa. Amantes a caminho de um encontro. Jornalistas tentando me fornecer algum conteúdo. Suspirei e liguei a TV. A quem eu estava enganando?

Por acaso, o acontecimento na Califórnia não era nada interessante. É claro que não. Era noticiário de táxi. Só um ou dois degraus acima de meu arremedo esfarrapado de programa. Minha própria moeda de entretenimento com notícias para atrair as massas. Minha — como é que Mike chamou mesmo? — bosta. A bosta que era minha razão de viver.

Subi a escada para meu apartamento e larguei a pasta perto da porta. Fui para a cama, deixando o casaco e os sapatos pelo caminho. Por reflexo, liguei a televisão na bancada, depois aquela da estante, em seguida a terceira, da mesa de cabeceira. Fiquei sentada ali, ouvindo os âncoras tagarelarem por um minuto. Não havia nada de importante. Era só ruído.

Desliguei todas e, pela primeira, vez o silêncio reinou em meu apartamento. Eu estava inteiramente só.

Na manhã seguinte, fiquei surpresa ao descobrir que não fora a primeira a chegar ao trabalho. Mike já estava sentado à sua mesa, o telefone no ouvido, tomando notas furiosamente sobre uma ou outra coisa. Perguntei-me se ele estava tendo algum problema com sua carteira de ações. Ou talvez planejasse alguma bela viagem de caça a faisões. Eram as únicas coisas que eu podia imaginar que levariam O Sr. Pé-no-Saco Mike Pomeroy a ficar animado ultimamente. Certamente não era o fato de que eu o obrigaria a assar muffins de mirtilo com um dos concorrentes do *Top Chef* na semana que vem.

Era uma pena. Se ele conseguisse vencer seu esnobismo de jornalista, teria muito a oferecer a um público de programa matinal. Suas experiências de vida eram fascinantes e suas habilidades, amplas. Ele podia contribuir muito com o programa e deixaria de ser tão babaca. Mas era uma batalha perdida e uma batalha que eu estava enjoada de travar.

Ao virar a esquina para minha sala, uma estagiária me alcançou.

— Srta. Fuller? Acabou de chegar isso. — Ela estendeu um relatório de audiência. Eu o peguei de suas mãos como uma viciada esperando por minha dose. Talvez fosse isso. Todo o skydiving, lutas de sumô e os saltos horríveis que obrigara meu talento da TV fazer — talvez tivesse valido a pena. Dei uma olhada no relatório.

As coisas pareciam tão boas! Estávamos tão perto! Cada vez mais gente sintonizando nesse horário. Nossa audiência havia subido... Mais de meio ponto.

Mas não era suficiente. Não para o acordo que eu fizera com meu chefe.

Encostei-me na parede. Estava tudo ali, preto no branco. Oficial. Irrefutável. Eu não consegui. Um minuto depois o telefone tocou e antes de atender eu sabia que era Jerry, ligando para discutir meu fracasso abjeto.

Cara, eu detesto ter razão.

— Viu os números? — perguntou ele em seu estilo ríspido de sempre.

— Vi — murmurei. Dei um pigarro. Talvez eu pudesse reverter isso a meu favor. — Estão muito melhores. Se der uma olhada nas tendências, estamos melhorando de verdade. Uma grande diferença em relação ao ano passado.

— E daí?

— Ah, por favor — pedi. — Estou quase lá. Só mais um quarto de ponto. Se tivermos só mais um tempinho... Acho que talvez eu faça aquele segmento com Ernie...

— Becky — Jerry começou.

Eu não queria implorar, mas que diabos... A humilhação estava na ordem do dia deste programa matinal.

— Por favor, Jerry. Tem tanta gente que depende desse programa e que acredita nele.

Jerry soltou um estalo ao telefone.

—Tem até sexta-feira. Foi o acordo que fizemos. E esses números... Becky: *Eles não bastam.*

18

Flutuei pelas horas seguintes como um fantasma. Aceitei as matérias que as pessoas sugeriam, assinei solicitações para equipes avançadas ou brindes para convidados. É possível que eu tenha dito a Lenny que ele podia comprar uma nova máquina de café espresso para o Serviço de Apoio. Que importância isso tinha? Nem seria entregue quando os dias do *Daybreak* tivessem se encerrado.

Encerrado. Terminado. Finito. E a culpa era minha.

Pensei na série em duas partes que Sasha preparava sobre aves de rapina ameaçadas de extinção. A matéria que Tracy sugerira sobre imitar *Project Runaway* numa escola de artes da cidade para levantar o dinheiro das bolsas de estudo para seu programa de desenho de bandeiras. Pensei em Lenny e seus dois filhos, e como Colleen havia durado mais do que 14 produtores executivos e meia dúzia de âncoras homens e estava disposta a se fazer de pateta no ar para manter o emprego. Pensei em como Ernie havia acrescentado tolamente a palavra "Daybreak" abaixo da tatuagem de tornado que fizera. Era como ter o nome de uma amante escrito em seu corpo quando a dita amante já está com um pé para fora da porta.

Cada uma dessas pessoas logo ficaria sem emprego. Algumas cairiam de pé, é verdade. Na realidade, Ernie deveria ter uma boa carreira pela frente na crescente indústria dos palhaços de noticiários da madrugada. Jon Stewart exibira tantas vezes clipes das "Aventuras Atmosféricas" que, de certo modo, eu esperava que ele roubasse meu meteorologista. Mas quanto aos outros... O prognóstico não era muito bom.

No set, Colleen encerrava o último segmento. "... acontece que as tortas de carne estavam contaminadas com *E. coli*, que pode causar cólicas e diarreia. E voltaremos logo com o *Daybreak*."

A luz da câmera se apagou e Colleen torceu o nariz arrebitado.

— Aaah, uma matéria sobre caganeira incontrolável e olhe só quem faz. Eu.

— Não é o meu tipo de matéria — disse Mike, batendo suas anotações na mesa.

— Olha aqui — rebateu Colleen. — Este é o nosso *trabalho*. Acha que é superior a ele? Talvez você *tenha sido*, antes de ser *demitido*, mas agora está aqui, no lixo, como todos nós.

Alguns produtores olharam. Perguntei-me se eles estavam prestes a aplaudir.

— E, apesar disso, ainda tenho padrões — disse Mike, sem se abalar. — Infelizmente para você.

— Oh — disse Colleen. — E por acaso eu não tenho?

— Claro que tem. Quando fez seu Papanicolau no ar, estava de robe. Um toque de classe.

Ela se agitou na cadeira.

— Sabe de uma coisa, eu já estou cheia disso...

— E voltamos em cinco, quatro... — disse o gerente de palco.

— Seu arrogante, enfatuado...

— Três, dois, um...

Mike não perdeu tempo. Virou-se para a câmera. "Bem-vindos de volta ao *Daybreak*. Amanhã Colleen fará o clássico britânico "salsichão com batatas" com o chef Gordon Ramsay."

"É isso mesmo", disse ela com frieza. Colleen! Fria! No ar! "Eu farei. Porque você se recusa a fazer, Mike. Acha que é inferior a você."

"É isso mesmo", disse Mike, tranquilamente. "Além de ser dureza ficar entre você e salsichas, então..."

"E você também é um idiota bobalhão e pretensioso, é o que digo."

Ele levantou um dedo. "Um idiota bobalhão e pretensioso que *ganha três vezes* o seu salário."

Todos no estúdio olhavam de boca escancarada de pavor.

Gesticulei como louca para Merv.

— A gravação! — sibilei.

Ele levantou as mãos, completamente perdido.

— Gravação do quê? Dos créditos finais?

No set, o pesadelo continuava.

O sorriso de Colleen ficara perigosamente frágil. "Bom, é só isto por hoje. A gente se vê amanhã, pessoal."

"Tchau", disse Mike.

Colleen o fuzilou com os olhos. "Tchau", repetiu ela.

Ah, não. Ah, não não não não não. Achei que tínhamos resolvido isso.

"*Tchau*", a este Mike conferiu um leve sotaque irlandês.

"*Tchau?!*", gritou Colleen com a voz estridente.

Enquanto Merv felizmente ia para os créditos, uma assistente apareceu correndo com um telefone.

— É o Sr. Barnes — explicou ela, empurrando o aparelho para mim. — Ligando de casa.

Ah, meu Deus. Ele escolheu justo *este* episódio do programa para assistir? Quer dizer: *Caramba, outro espectador!*

— Jerry? — eu disse inquieta no bocal.

— Mas que diabos foi aquilo? — ele berrou.

— Foi um lapso — expliquei com a maior rapidez possível. — Um lapso infeliz. Vou cuidar disso, prometo. Vou falar *com os dois*. Nunca mais vai acontecer. Eu juro.

Virei-me para o set, onde agora, seguramente fora do ar, a briga de Colleen e Mike tinha assumido proporções tempestuosas.

Mas que sentido isso tinha? Estávamos mortinhos mesmo. Não admira que eles se sentissem tensos. Talvez não fosse tão ruim eu deixar minha equipe aliviar a pressão. Ainda assim, o que Jerry dizia estava valendo. Afinal, ele ainda tinha nosso destino nas mãos e mesmo que por milagre conseguíssemos chegar ao índice de audiência com que concordamos, eu ainda precisava que ele me defendesse com os figurões.

Eu tinha toda a intenção do mundo de cumprir com minha palavra com Jerry. Eu me reuniria com Mike e Colleen depois do programa, acertaria tudo, mas fiquei presa em reuniões o dia todo e Mike havia escapulido para algum almoço festivo com Tom Brokaw. Então foi só no dia seguinte que consegui pegar os dois numa sala para discutir seus problemas.

Mas, mesmo antes de eu chegar à reunião, tive uma surpresa especial: a audiência pontual da véspera, que exibia uma elevação bem perceptível iniciada assim que a guerra fria entre Colleen e Mike passou a ser nuclear. Eu olhava o relatório.

Hummm, isso era estranho. Talvez fossem as pessoas sintonizando cedo para a novela que vinha depois do *Daybreak*. Talvez eu devesse pensar em convidar alguns dos espectadores frequentes para assar biscoitos no programa ou coisa assim. Ou quem sabe fora a menção de Gordon Ramsay? Quer dizer, quem não adora *Hell's Kitchen*?

Tinha de ser isso, né? Não havia outro motivo para sintonizar em um programa matinal trinta segundos antes que acabasse. A não ser... O que foi que eu disse a Mike? As pessoas queriam conhecer sua personalidade — queriam sentir que ele era um amigo. Por isso eu queria que ele trocasse provocações com Colleen. E se brigar fosse tão bom quanto as provocações, da perspectiva do entretenimento?

Não era possível, era? Mas se fosse verdade, não valia a pena explorar? Poderia fazer isso de novo?

Só dessa vez?

Por que não usar nossos pontos fortes? Mike era um babaca frio e pretensioso. Colleen era uma abelha-rainha falsa e irritadiça. Voavam fagulhas. As pessoas adoravam essa merda. E que mal podia fazer? Então era isso. A última chamada, o apito final, na risca do pênalti — escolha a metáfora que quiser, não tínhamos mais tempo e nada a perder.

Jerry que se fodesse.

Encontrei meus astros no set da sala de estar e eles já estavam firmes e fortes.

Colleen para Mike: "Babaca."

Mike para Colleen: "Foi você que começou."

Colleen deu uma risadinha. "'Foi você que começou'? É sério? Está no jardim de infância?"

Pigarreei.

— Gente, sobre ontem...

Os dois começaram a falar ao mesmo tempo. Era mais do mesmo. Levantei as mãos.

— *Sobre ontem* — repeti, desta vez mais alto.

— Sabe de uma coisa — disse Mike —, eu não tenho que ficar sentado aqui, levando sermão de uma egressa de faculdade comunitária...

— Não estou aqui para lhe passar um sermão. — Eu o encarei com frieza e tranquilidade. *Suas farpas não têm poder algum sobre mim, Pomeroy.*

— Não está? — perguntou Colleen, confusa.

— Os dois são profissionais responsáveis. — Era quase a verdade. — Não cabe a mim determinar como vocês devem se comportar. — Olhei para Colleen. — E se quiser atacá-lo por ser rude e aviltante... — E, minha irmã, eu estava *totalmente* com você! Virei-me para Mike. — E se acha que ela é inteiramente inadequada para realizar o trabalho que tem... — dei de ombros — ... quem sou eu para mudar isso? São as suas crenças pessoais, *muito arraigadas*. Não posso fazer nada.

Eles me olharam. Olharam um para o outro. Olharam para mim. Eu sorri com serenidade.

— Foi uma boa conversa — eu disse. — Muito bem, o programa começa daqui a pouco, então... — Mostrei entusiasmada o polegar erguido para eles.

Devia ser a cereja no sundae. Os dois âncoras pareciam prestes a explodir.

Na sala de controle, Lenny me recebeu.

— Tudo resolvido?

— Ah — eu disse, sorrindo —, pode apostar que sim.

O programa começou, e nos primeiros minutos tudo estava como sempre. Mas eu podia ver a tensão fervilhando por baixo. Em algumas ocasiões, Colleen mordeu o lábio. Algumas vezes, Mike lhe lançou um olhar hostil quase imperceptível. Estávamos usando o set de sala de estar, um ambiente mais informal e que Mike odiava, uma vez que desacreditava ainda mais sua ilusão de jornalismo sério. Hoje, eu esperava que isso contribuísse para minha causa.

"Em nossa próxima hora", disse Colleen, "conversaremos com pessoas que conseguiram completar um programa de reabilitação inovador." Ela olhou para Mike. "Pode conseguir algumas dicas ali."

O olhar de Mike se fixou nela. "O que me pergunto é se eles têm programas de reabilitação para ex-rainhas da beleza furiosas com problemas de autoestima. E, se não tiverem, quando é que vão criar um?"

Nenhum dos dois sorrisos vacilou nem por um segundo.

"A seguir, logo depois do trânsito na cidade", disse Colleen.

Lenny se virou para mim.

— Achei que você tinha dito...

— Humm-hmmm. — Coloquei as mãos sob o queixo e escondi o sorriso.

Depois do intervalo, eles voltaram com uma matéria sobre as novas tendências em decoração de interiores.

"Caramba", disse Mike. "Mas que papel de parede mais feio." O cameraman riu.

"Tem razão", disse Colleen. O produtor da matéria, parado ao lado do set, ofegou. "Para falar a verdade, me lembra muito a sua gravata."

Mike passou os dedos na gravata. "Esta é uma Marinella. É a melhor gravata do mundo. Deve custar mais do que seus três últimos tratamentos de Botox."

Lenny fez sinal para Merv cortar para a gravação.

— Não — eu disse. — Deixe assim.

— Becky! — Lenny exclamou. — Eles estão a ponto de trocar socos.

— Acha mesmo? — perguntei, cheia de esperança. Colleen tinha feito uma aula de defesa pessoal Krav Magá no ano passado. Se Mike Pomeroy ficasse com um olho roxo no ar...

O telefone da sala de controle começou a piscar.

— Ah — eu disse. — Deve ser o ilustre Sr. Barnes. — Atendi. É, era ele mesmo. — Jerry — eu disse —, eu juro, não sei o que está havendo. Sim, eu falei com eles. Com os dois. Enfaticamente.

Sorri para Lenny enquanto Jerry berrava no meu ouvido.

— Bom, acho que nossa opção é ir direto para a parte gravada. Não sei se tem muito sentido qualquer coisa mais drástica... Sabe como é, considerando...

— Considerando que você só vai ficar mais alguns dias? — perguntou Jerry. — O que há com você? Gosta de *jogar sal* na terra?

Não. Mas talvez a paisagem da TV matinal pudesse ter um pouco mais de tempero.

Encontrei Lenny na cafeteria para, nas palavras dele, "explicar que diabos estava acontecendo". Espalhei na mesa meus vários registros de audiência pontual.

— No primeiro dia — eu disse, apontando os números relevantes — tivemos uma elevação mínima. Dá para ver, mal e mal. E pode ter sido um acaso feliz, então pensei que devia repetir as condições e ver o que acontecia.

Ele me olhou por cima da xícara de café.

— Televisão matinal como uma placa de Petri?

— Exatamente. — Virei uma folha de papel. — Este é de ontem. Logo depois do comentário sobre a gravata. — Movi o dedo para baixo. — E aqui depois que ele perguntou se ela chorava cubos de gelo.

— Ah, sim. — Lenny riu. — Essa foi hilária.

— Está vendo? — eu disse. — Outro pico grande. Minha teoria é de que as pessoas adoraram. Acho que estão ligando para os amigos durante o programa e dizendo para colocar lá sempre que Mike e Colleen partem para a jugular um do outro.

Lenny balançou a cabeça, os lábios comprimidos.

— Não acha que isso é meio... desesperado?

— Sim, talvez seja — admiti. — É desesperado e estranho, e é doentio. Mas também talvez eles só estejam sendo verdadeiros um com o outro em vez de toda aquela massinha de modelar falsa e animadinha, e o público adore isso. Quer dizer, confesse, Lenny. *Nós* adoramos.

— É, mas nós os conhecemos. Gostamos de ver os dois queimarem um pouco.

— O público também acha que os conhece — observei. —Vem tomando o café da manhã com eles todo dia. Os âncoras estão na casa deles. São velhos amigos. Eles podem lidar com velhos amigos se bicando. Talvez haja alguma coisa aí.

Lenny não pareceu se convencer.

— Como George e Gracie?

—Acho melhor você não fazer referência a essa comparação com Mike e Colleen.

— Mas é claro que não — concordou ele.

Peguei os relatórios de audiência e coloquei-os em minha pasta.

— Está agitando os números e é tudo de que preciso. Vou aceitar tudo. Precisamos disso. Estamos muito perto. Estamos quase lá. — Abracei a pasta no peito.

— E onde fica o "lá"? — perguntou Lenny.

Eu parei.

—Você entendeu.

— Não — disse ele. — Não entendi.

—Você sabe. Onde queremos... — Eu me interrompi, incapaz de cobrir a gafe.

— Becky, não sei que tipo de programa você quer deste aqui...

Um programa que esteja no ar. Que continue a pagar a todos nós. "Um programa que as pessoas *vejam*", foi o que eu respondi em voz alta. E eu ia conseguir, mesmo que tivesse de fornecer a Mike e Colleen seu próprio jogo de canivetes automáticos e tocar a trilha sonora de *West Side Story* no set.

★ ★ ★

Na reunião de equipe seguinte, tive a nítida impressão de que meus métodos eram contagiantes. As ideias que as pessoas traziam à mesa tinham um sabor distintamente turbulento. Sasha, a amante de animais, queria fazer uma matéria sobre aranhas ornitófagas. Isso mesmo, aranhas que *comem aves*. Colleen ficou verde. Eu vi verde. Tracy sugeriu uma matéria sobre testar a inflamabilidade de tecidos quando se incendiava manequins.

— E por que não modelos vivos? — eu disse. O gerente de palco ficou alarmado.

Dave perguntou sobre um segmento sobre o caso de fraude em Tampa e disse que, com uma boa pressão, ele podia conseguir que alguns aposentados aparecessem de *parasailing* para suas entrevistas. Eu disse a ele para reservar a lancha.

— E então — eu disse —, terminamos o programa com o segmento em que damos um banho de piche e penas em Ernie em homenagem ao aniversário da Festa do Chá de Boston. — Este seria o prato principal para nossos espectadores fiéis. Originalmente, eu sugeri a Lisa como se fosse uma espécie de novo tratamento de spa. Lama quente, piche quente — não são a mesma coisa? Mas ela não engoliu e de repente soube que ela tinha sido "transferida" para o programa da meia-noite.

Então era bom.

Ernie soltou uma risada nervosa.

— Ou aquela matéria sobre os cata-ventos. É realmente boa...

— Ernie — eu disse.

Ele ergueu as mãos, derrotado.

— Piche e penas. Entendi.

— Muito bem, pessoal! — eu disse — Ótima reunião, ótimas ideias. Continuem assim. E bom programa hoje. Obrigada...

Mike pigarreou. Surpresos, todos olhamos para ele. Mike não falava em nossas reuniões havia semanas.

— Sim? Mike? — eu disse, de olhos arregalados. Se ele dissesse alguma coisa sobre o piche e as penas, seria o próximo a entrar no caldeirão.

— Antes de tudo — disse ele —, gostaria de me desculpar com Colleen por meu recente comportamento pouco profissional no ar.

Os olhos de Colleen se arregalaram. Troquei um olhar preocupado com Lenny. Mas o que era isso, ele estava tentando sabotar nosso novo aumento na audiência? Era tão Mike Pomeroy da parte dele.

— Segundo, tenho uma matéria que gostaria de cobrir. Sobre... chucrute.

— Hein? — O som saiu de minha boca e de várias outras pela mesa. Seria "Chucrute" alguma gangue de anarquistas alemães que eu não conhecia?

— O grande festival anual de chucrute no norte do estado. Eles fazem boliche com repolho, tentam quebrar o recorde de bolo de chucrute, têm um concurso de melhor chucrute. Achei que seria bom se eu ancorasse o programa de lá. Para variar um pouco.

Ninguém disse nada por um instante.

— Puxa vida, Mike. — Balancei a cabeça. — Eu não esperava...

— Sabor local. Comida. — Mike deu de ombros. — Posso falar sobre isso, sabe como é. Chucrute. Sabores diferentes. Coisas assim.

— É mesmo? — eu disse. — Quer cobrir uma coisa como...

— Algum problema para você?

Chucrute, hein? Para ser franca, parecia incrivelmente tedioso, mas como eu podia negar isso a ele? Este era Mike se esforçando. Tentava fazer parte da equipe, e se o chucrute era necessário para abri-lo à ideia de fazer uma reportagem leve aqui e ali, ele podia chucrutar o que quisesse.

— Então, posso fazer? O chucrute, quero dizer?

Assenti, embasbacada. Quem imaginaria que o caminho para o coração de Mike Pomeroy era pavimentado de repolho fermentado?

Depois da reunião, parti para cima de Lenny.

— Sabe o que isso significa, não é?

— Que o remédio dele interage mal com scotch? — Lenny estava impassível.

— Não, que eu consegui afetá-lo. Que ele *enfim* entende o que tento fazer. — Saímos da sala de reuniões e fomos para o corredor.

— Tem certeza disso?

Passamos pela sala de Mike. Lá dentro, ele já trabalhava duro nos últimos arranjos. "Não, Albany não. A casa de campo...", dizia ele a alguém ao telefone.

Acenei para Mike. Ele sorriu, acenou também e fechou a porta.

— Viu só? — eu disse, triunfante. — O homem me adora. Começamos a partilhar a mesma visão.

— Bom, os dois *são mesmo* meio birutas — disse Lenny.

E então tive uma ideia melhor ainda.

— Já sei... Vou com ele. Isso o deixará feliz. Você pode ficar encarregado do programa nesse dia. Mas não chore.

—Vou fazer o máximo — disse Lenny.
— É tudo muito promissor, não é?
— É — disse Lenny. Mas ele não parecia ter tanta certeza assim.

19

Na manhã seguinte, bem antes do amanhecer, esperei no escuro perto do Columbus Circle pela van que ia nos levar ao norte do estado. Tenho de confessar que eu estava meio preocupada que Mike e seu cameraman de longa data, Joe, me dessem um bolo. Mike não ficou emocionado com a ideia de me rebocar para lá. Acho que ele pensava que eu ia tentar controlá-lo. Mas fala sério: que tipo de controle uma pessoa precisava empregar numa convenção de chucrute? Será que ele ia começar a entrevistar os desafortunados chefs sobre seus sentimentos com relação ao Iêmen ou a reforma do sistema de saúde? Além disso, quando é que eu poderia influenciar Mike Pomeroy, depois que estivesse com o microfone na mão?

Uma van branca com o logo da IBS na lateral parou junto ao meio-fio. A porta deslizante se abriu, revelando Mike de camisa e gravata por baixo de sua pesada jaqueta de caça.

O paletó do terno estava pendurado num gancho no compartimento principal, bem ao lado de todo o equipamento do câmera.

— Oi, gente! — cumprimentei, toda animada, e subi no carro. — Trouxe barras de granola.

— E suas músicas preferidas? — perguntou Joe, depois deu uma risadinha.

— Sabe que não precisa ir — disse Mike.

— Mas eu quero! — exclamei. — Está brincando comigo? Você, fazendo uma matéria dessas? Nem sonharia em perder.

Mike suspirou.

— Tudo bem, tá, tanto faz, blá-blá-blá. Vamos pegar a estrada.

Afivelei meu cinto de segurança e vasculhei minha bolsa.

— Tudo bem. Creme de amêndoa ou café com linhaça?

A viagem para o norte na verdade foi bem agradável, enquanto Mike e Joe se recordavam de suas histórias de guerra preferidas dos tempos de *Nightly News* — literalmente, histórias de guerra. Soube de policiais iraquianos que assoviavam músicas da Broadway nas rondas da prisão e exatamente o que a comitiva do Dalai Lama fazia quando não estava orando (dica: Uno).

Quando paramos no estacionamento do festival, eu estava a mil. Liguei para Lenny para saber como andavam as coisas enquanto Mike e Joe faziam o teste de câmera.

— Vamos abrir com ele — eu disse —, depois ele passa para Colleen. E então você pode fazer a transição...

— Ele realmente vai fazer isso? — perguntou Lenny ao telefone. Parecia duvidar ainda mais à distância.

— Eu te disse — falei. — "Partilhando uma visão". Oooh, eles estão gravando a primeira entrevista. Te ligo depois.

Mike havia cruzado o gramado até um dos quiosques e falava com um homem corpulento de avental branco manchado. O homem alisava o cabelo e abria um sorriso tão largo que me preocupei que sua cara fosse rachar em duas.

— E então — Mike perguntava a ele quando me aproximei o bastante para ouvir. — Qual acredita ser o segredo de um bom, humm, chucrute?

— Bom — disse o chef de chucrute —, eu diria que o tipo de repolho que se usa pode afetar a acidez criada durante o processo de fermentação. Veja só, é preciso formar os níveis ideais dos tipos certos de bactérias...

Mike o interrompeu.

— Isso é incrível. Incrível mesmo. Não sabia nada disso. Bom, voltando a você, Colleen, para... sei lá o quê. — Ele sorriu para a câmera que Joe segurava.

— E corta — disse Joe, olhando de trás do visor. — É, essa ficou boa.

Olhei meio incrédula para ele. Quem era a produtora aqui?

— Foi legal — eu disse. — Mas talvez da próxima vez você possa...

Mike e Joe, porém, já estavam correndo para a van.

— Aonde vocês vão? — chamei.

— Cobrir notícia — disse Mike.

Corri para alcançá-los enquanto Joe colocava o equipamento de gravação no carro. Mas que diabos era isso? *Esta* era a notícia. Isto. O chucrute.

Não era?

Fixei em Mike meu olhar máximo de produtora executiva.

— Mike — eu disse devagar, mantendo um controle férreo sobre meu tom para não sair do agradável para o serial killer —, estou começando a pensar que há alguma coisa que não está me contando. Aqui, no meio do nada. Com um cameraman. À custa do *Daybreak*. — Minha mãe não criou nenhuma idiota.

— Olha — disse Mike, entregando o microfone a Joe. — Sei o que você quer. Quer que eu fique sentado lá o dia todo como um macaco amestrado e faça meus truques para você, de picuinha com Colleen como Lucy e Ricky...

Lucy e Ricky, George e Gracie, tanto faz. Cara, já não havia mais casais de comédia como antigamente.

— Você está de picuinha ou em guerra? — perguntei.

— Ultimamente esteve em guerra, o que é bom para nós. Pense em Speidi.

— Quem? — ele disse num tom arrastado.

— Spencer e Heid...

— Não ligo. — Ele levantou a mão. — Como eu estava dizendo, quer que eu faça isso enquanto você persegue os índices de audiência como uma espécie de hamster enlouquecido numa roda.

Hamster enlouquecido?

— Ah, tenha dó.

— Para mim, chega — disse Mike, subindo na van. — Não vou mais ficar de picuinha. Não vou mais entrar em guerra, não vou falar com celebridades inúteis com nomes duplos asininos, *nem* sobre elas. Se é para estar no ar, será nos meus próprios termos. Esta manhã, às 8, vou ao ar com uma matéria. Uma matéria de verdade. *Jornalismo* de verdade.

Fiquei parada ali, em silêncio. Por um segundo pensei que ele ia cantar.

— E então? — perguntou-me ele enquanto eu ficava na grama, os saltos afundando de novo na turfa. — *Está comigo ou não?*

— Tá brincando? — perguntei, entrando no carro. — Tenho medo de perder você de vista.

— Eu não *sei* o que é isso — expliquei a Lenny, pela quarta vez.

— Está vendo, não sei bem o que isso significa — disse Lenny. Ele parecia meio sem fôlego do outro lado da linha. Talvez estivesse andando de um lado para o outro. No lugar dele, eu estaria andando. — Ele está dando um gelo em você ou coisa assim? Minha filha faz isso.

— Eu quis dizer que ele não vai me contar. — Olhei duro para Mike, que me observava pelo vidro traseiro. Ele sorriu. — Quero dizer que ele me raptou e me levou para o norte. Está cercado por uma espécie de cabo. Você tem que preparar Colleen com uma matéria de reserva.

Mike bufou.

Esfreguei as têmporas.

— Diga a Ernie... Diga a Ernie que ele pode fazer os cata-ventos.

— Como é? — Lenny exclamou. — Não! Pelo amor de Deus!

Lá estava eu, presa àquele tanque de metal, indo sei-lá-para-onde, enquanto em Manhattan meu programa ia pras cucuias.

— O que eu posso fazer? — perguntei. — Preciso exibir *alguma coisa* quando a matéria de Mike fizer água.

Mike bufou de novo.

Desliguei o telefone e olhei nos olhos dele.

—Você é uma pessoa horrível.

— Sim, já me disse isso.

— Você me atraiu com chucrutes. Isso é baixaria. Que matéria é essa afinal, Mike?

— O governador — ele disse simplesmente.

— Que governador? — E depois tudo se encaixou. As conversas secretas ao telefone. Ele não pretendia uma revelação sobre o chucrute. Estava falando daquela mesma matéria chata dos impostos com que me perseguiu por semanas. — A merda da auditoria financeira? — gritei. Até Joe se encolheu, e aparentemente ele suportava artilharia de morteiros. — Você vai nos enterrar de vez! Ninguém vai ver isso. — Olhei pela janela. — Além de tudo, agora não estamos nada perto de Albany.

— Não estamos mesmo. — Mike se virou para Joe. — Pegue essa estradinha aqui.

— Joe — pedi, enquanto ele girava o volante para uma estrada rural cheia de lombadas. — Joe, o que está fazendo?

A estrada deu lugar a uma longa entrada de carros pavimentada, em cujo alto havia uma mansão cercada de um gramado verdejante e arbustos cuidadosamente dispostos.

— Ai, meu Deus — eu disse, lembrando-me mais da metade entreouvida da conversa. — É a casa de campo do governador.

— É. — Mike e Joe começaram a descarregar a van.

—Você é louco — eu disse a ele. — Está passando por um surto psicótico e *não* serei arrastada com você. Eu me recuso.

— Fique à vontade — disse Mike. — Pode ficar no carro. Joe, está pronto?

— Não pode simplesmente ficar parado aí com uma câmera. Vamos acabar presos... e *demitidos*. Se eu for demitida, nunca mais vou trabalhar, seu lunático!

Mike vestiu o paletó do terno, conferiu o cabelo no espelho lateral da van e partiu colina acima, com Joe e sua câmera seguindo-o de perto.

— Não vou exibir isso! — gritei. — Não pode me obrigar a exibir! Prefiro mostrar a cobertura ao vivo de Colleen fazendo uma depilação com cera!

E ela faria isso por mim também. Colleen era profissional. Ao contrário deste doido de carteirinha. Mas ele continuava. Não dava a mínima.

— Mike! — gritei a plenos pulmões. — Eles vão cancelar o programa!

Então ele se virou e olhou para mim. Joe fez o mesmo.

— Se não conseguirmos subir a audiência até o fim desta semana, estamos fritos. Eles vão nos substituir por sitcoms e reprises de *game shows*.

Enfim. Enfim tinha desabafado. Quase desmaiei de alívio. A expressão de Mike se suavizou um pouquinho enquanto ele voltava a mim, pequena e cansada, unindo as coisas com fita adesiva e orações.

Ele precisava entender. *Vamos lá, Mike.* Outro telejornal afundando na cova? Certamente, ele se importava com *isso*.

E então ele deu as costas e recomeçou a subir a entrada.

Ah, odeio esse sujeito! Odiava Mike Pomeroy. Arrependi-me do dia em que o vi pela primeira vez no noticiário. Amaldiçoei o momento em que tive a ideia de contratá-lo. Censurei qualquer vestígio de minha paixão de infância.

Saquei o celular e liguei para Lenny.

— Está pronto? — perguntei a ele. — Preciso que esteja, caso... Mas que diabos está acontecendo?

Agora na porta da frente, Mike olhou o relógio e passou os olhos pelo gramado.

— Você vai saber quando eu entrar ao vivo — disse ele a mim.

— Ao vivo com o quê? — perguntei a ele, quase mostrando o dedo médio. Ao telefone, eu disse: — Lenny, preciso daqueles cata-ventos. Eu preciso deles, preciso deles.

— Não, por favor — disse Lenny.

Mike olhou o relógio mais uma vez e tocou a campainha. Um instante depois, o governador Willis atendeu. Parecia descansado e relaxado, com um sorriso estampado na face, uma xícara de café na mão. Podia ser muito bem um cartaz de campanha.

— Pomeroy! — ele exclamou com um sorriso. — Que diabos está fazendo aqui? — Os dois trocaram um aperto de mãos jovial. Provavelmente outro dos velhos companheiros de bebida de Mike.

— Becky? — disse Lenny em meu ouvido. — Estamos quase prontos. Colleen está preparada e nós... Hummm, temos os cata-ventos.

Observei Mike conversar com Willis. Ele não trouxe um cameraman aqui para bater papo sobre scotch, disso eu tinha certeza. E nem Mike Pomeroy ia interromper o café da manhã do governador para discutir uma coisa tão chata como uma auditoria. O que ele tinha na manga?

— Becky? — perguntou Lenny. — Vai para o ar ou não? Becky?

— Gary — disse Mike ao governador. — Queria saber como se sente com relação a umas coisas...

— Hummm, tudo bem. — O governador parecia de bom humor, mas confuso ao ver Mike em sua varanda com a roupa de âncora de telejornal.

— Preciso saber em dez segundos — disse Lenny, agora frenético. — *Dez segundos*, Becky!

— Tudo bem — eu disse. — Faça isso.

— Entro com os cata-ventos? — perguntou Lenny.

— Sim. Eu... Não. Espere um segundo. — Porque agora Mike Pomeroy estava *ligado*. Eu conhecia aquele olhar, e não só da TV. Foi o olhar que ele lançou ao faisão. Era o olhar de um predador prestes a atacar.

— Especificamente — disse Mike, como um lançador de beisebol preparando o arremesso — gostaria de saber como se sente com o procurador-geral entrando com um processo contra o senhor por chantagem, e por arrumar contratos do governo para seus parentes e amigos.

Willis soltou uma risada inquieta.

— Mike, não sei de onde tirou essa informação.

— Para não falar de lavagem de dinheiro — disse Mike como se não fosse com ele.

Lenny ainda gritava em meu ouvido, mas era como se eu o escutasse através de uma névoa densa.

— Vamos voltar do intervalo. Cinco, quatro, três...

Mike se encostou na soleira da porta, frio como um drinque gelado.

— E pode me dizer: há uma ou duas prostitutas aí também, não é, Gary?

Ai, meu Deus! Isso era notícia. Era notícia *de verdade*.

— BECKY! — gritou Lenny.
— Ao vivo! — gritei ao telefone. — Ao vivo! Entramos ao vivo agora! *Passe pra mim já!*

20

— O quê? — gritou Lenny.
— *Agora*, Lenny! — gritei, meio rouca. — *Já já já já já!*
Ouvi Lenny dar a ordem e prendi a respiração.
Mas não precisava me preocupar.
Willis se virou para a câmera.
— Sabe que gosto de você, Mike, mas, se não for embora, vou chamar a polícia.
— Ah — disse Mike —, acho que não vai precisar fazer isso. — Foi quando ouvi as sirenes. Eu me virei, junto com Joe e o olho observador da câmera, vendo uma fila de viaturas subindo pela entrada.
— Merda! — gritou o governador Willis, batendo a porta. Os policiais saíram como um enxame dos carros e cercaram o jardim em leque, correndo para os fundos da casa. Mike narrava os acontecimentos enquanto se desenrolavam.

Meu coração estava na garganta, vendo os eventos com o tipo de dramaticidade que eu costumava ver só com uma legenda cobrindo parte da tela. Eu estava vendo a notícia. Jornalismo de verdade. Notícia de verdade lida por Mike "demais" Pomeroy. Santa mãe do céu.

Minutos depois, estava tudo acabado. Prenderam Willis e o levavam algemado. Joe enquadrou a imagem para que pudéssemos ver Willis sendo levado à viatura enquanto Mike falava com a câmera.

"As autoridades federais planejaram a batida durante semanas. Este repórter soube que a denúncia inclui 15 acusações de chantagem e uso indevido de influência. Dizem algumas fontes que os promotores têm gravações de telefonemas e e-mails incriminadores..."

Lenny ligou de novo.

— Estamos sem fala por aqui, chefe — disse-me ele.

— Conheço bem essa sensação. — Balancei a cabeça com assombro para meu âncora. Mike Pomeroy, senhoras e senhores. O mais lendário jornalista vivo.

E quando a transmissão terminou, e meia dúzia de equipes de noticiários tinha chegado à cena para a limpeza geral, andamos juntos em silêncio de volta à van.

— Podia ter me contado sobre isso — eu disse a ele por fim. — Eu teria dado cobertura de qualquer maneira.

— Mentirosa — disse Mike.

— Como conseguiu?

— Havia uma nota num jornal do norte sobre os impostos do governador. Sabe qual, aquela que você desprezou?

Assenti.

— Liguei para meus contatos na Receita Federal e descobri que o FBI tinha puxado todas as declarações de renda do governador. Depois liguei para um pessoal do Bureau, mas eles ficaram de bico fechado. Então, falei com meus amigos do Senado, que me falaram da formação de uma comissão especial na segunda-feira.

— Minha nossa — eu disse. Ele colocava no chinelo toda a minha rede de contatos em Jersey. É claro, ele tinha algumas décadas à minha frente.

— Depois liguei para a garagem do FBI de Nova York e perguntei em que dia da semana iam enviar uma equipe de mais de três carros. — Ele deu de ombros. — Basicamente, eu tinha um pressentimento, e levou cerca de um mês para essa reviravolta.

Olhei para ele, profundamente impressionada. Talvez, se eu prestasse mais atenção nele, um dia desses poderia ganhar um Pulitzer.

— Olha — ele me disse. — Sei que ninguém liga para o que significa fazer esse trabalho. Mas não estou aqui para ler texto dos outros. Sou jornalista investigativo. Posso fazer isso. E eu queria que você visse.

Ah, eu vi. Vi, e de novo o venerava a seus pés. Fosse ou não babaca, fosse ou não um pé no saco. Mike Pomeroy era um deus do jornalismo.

— É uma ótima matéria, Mike — eu disse, tentando não transparecer a reverência. O que não era difícil demais, uma vez que, afinal, agora eu conhecia seu outro lado. — Mais do que uma ótima matéria. Ótima televisão também. Foi... integral... mas como um donut. Um donut integral!

Ele riu.

—Você é esquisita, tiete.

Chegamos à van. Joe já havia guardado o equipamento e filava um cigarro de alguém da CBS. Encostamo-nos no degrau de carga e vimos o circo continuar sem nós. Enquanto a adrenalina baixava, comecei a sentir o frio do ar matinal das montanhas. Fiquei chocada que meu BlackBerry ainda não estivesse tocando como louco. Perguntei-me quantos noticiários estavam passando nossas imagens da tentativa de fuga de Willis. Imagens de Mike.

Dei uma espiada em meu âncora. Ele agora parecia relaxado e sem dúvida meio presunçoso ao olhar os outros, locutores mais novos subindo a colina para fazer suas reportagens de chegamos-atrasados. Sorri. Mike Pomeroy podia ter tido alguns anos de close na TV, mas isso só significava que ele estava anos-luz à frente deles quando se tratava de talento.

Talvez eu pudesse ficar um pouco presunçosa também. Afinal, fui eu que reconheci isso nele.

Depois de algum tempo, Mike voltou a falar.

— Então, sabe aquele neto meu — disse ele —, o da fotografia?

— Sim?

— O nome dele é Alexander. Minha filha mora no Upper West Side com o marido e o filho... com Alexander. Eu não os vejo desde que fui demitido do *Nightly News*.

Enrijeci o corpo, pasma com esta informação.

— Primeiro eu fiquei constrangido — disse ele. — Depois, quando consegui voltar à TV... Bom, depois de tudo o que realizei, ser obrigado a voltar *desse jeito*.

Se ele estivesse se despindo bem ali na minha frente, eu não teria ficado mais chocada.

— A verdade é que — admitiu ele — eu estraguei as coisas com meus filhos muito antes de ser demitido, de qualquer modo. Nunca estava em casa, e mesmo quando estava, ficava ao telefone, vendo TV pelo canto do olho o tempo todo.

Respirei fundo. Isso parecia familiar demais.

— Meu casamento faliu — disse ele. — E depois outro. Sabe como é isso.

— Não sei — respondi. — Nunca fui casada.

— É, tudo bem, você é ainda pior do que eu. Se pudesse, você *moraria* no trabalho.

— Tem mais monitores de TV ali, sim — eu disse com uma risada triste.

Mas Mike não ria.

— Deixa eu te adiantar as coisas. Vou te contar como tudo termina: você acaba sem nada. E esse nada era o que eu tinha antes de você aparecer.

Foi como se ele tivesse me dado um soco no estômago. Virei-me de frente para ele, mas Mike não queria me olhar nos olhos.

— Então... O que quero dizer é... Obrigado. — Ele assentiu de um jeito morno e olhou para mim "de cima".

— Peraí um minutinho — eu disse, com frieza. — Você acaba de falar uma coisa gentil?

— Eu disse que sabia fazer provocações. — E então vi o verdadeiro sorriso de Mike Pomeroy. Não o ricto que ele usava no programa sempre que dizíamos para parecer animado, mas seu verdadeiro sorriso. Era um sorriso meio torto, mas intensamente charmoso. Um bom contraponto para o cabelo prateado e a voz grave. Inesperado e agradável.

Envolvi meu corpo com os braços e o apertei.

— Não devemos voltar?

Ele pegou o casaco no banco de trás do carro e o colocou em meus ombros.

— Claro. Vou chamar o Joe.

Torci o nariz. A jaqueta decididamente fedia.

— Mike — gemi. — Foi aqui que você colocou os faisões?

Fomos recebidos no prédio da IBS como soldados voltando da guerra; fiquei surpresa que não houvesse um tapete vermelho na praça. Ernie era o único que não parecia nem um pouco emocionado com nossa transmissão ao vivo de última hora, e eu estava de tão bom humor que podia ter me oferecido para fazer o segmento dele sobre os cataventos.

Meio inebriada com nossa vitória, fui até a sala de Jerry assim que chegaram os índices de audiência.

— O que achou? — perguntei a ele.

— Não são... medonhos — disse ele.

Mas é claro que não eram medonhos. Na verdade, eram fenomenais. Empoleirei-me na beirada de sua mesa.

— E aí, quanto tempo mais teremos?

— Com esses... — ele bateu o lápis na folha de papel. — Um ano. Um ano com folga.

Eu ri, depois coloquei a mão na boca. Consegui! Ou, humm, Mike conseguiu. Mas ainda assim... Mike foi ideia minha, então...

Jerry balançou a cabeça ao olhar para mim.

— Eu subestimei você, Becky.

— Isso não é verdade.

Ele pigarreou.

— A NBC telefonou. Quer saber quanto tempo você ainda tem no contrato conosco.

— Como é? — Escorreguei de sua mesa e mal consegui evitar me estatelar em seu carpete.

— O *Today* quer você.

— O QUÊ? — repeti, como uma idiota. O *Today*? Talvez eu estivesse mesmo estatelada no carpete. Talvez eu tivesse rachado a cabeça e agora estava alucinando. — Está brincando.

— Não estou. — Ele franziu a testa. — E agora estou desejando ter um contrato de verdade com você. Só por garantia.

Tentei soltar minha melhor risada despreocupada. Não sei bem se fui particularmente convincente. Ainda assim, estou orgulhosa de contar que saí pela porta antes de começar minha dança da vitória.

Mas eu não podia comemorar. Não pra valer, ainda não. Assim, enquanto o restante da equipe do *Daybreak* ia festejar em triunfo por finalmente ser levada a sério no prédio, fui direto para o Schiller's. Adam estava lá com os amigos, como sempre. Meu Deus, ele estava ótimo.

Depois de um instante, ele me viu. Acenei. Ele baixou os olhos para sua bebida. Quase me virei e fugi, mas ele suspirou, baixou a cerveja e se aproximou de mim.

— Um passeio lá fora? — sugeri.

— Tá — disse ele. — Acho que sim.

Na rua e sem preâmbulos, lancei-me a minhas desculpas preparadas.

— Eu estava errada — eu disse. — Estava assustada. Fui burra. E fui uma covarde.

Adam piscou para minha confissão, mas seu olhar não se abrandou.

— Mais — disse ele. — Acho que há algo mais que você quer dizer.

E havia. Havia muito mais. Porém isto serviria como começo. Respirei fundo.

— Eu me fiz acreditar que você era cada pessoa que passou por mim na minha vida. Que você ia me dispensar, ou não me levaria a sério. Mas você não é assim, Adam. Você é... bom, forte e gentil. Para não falar que é habilidoso em mímica.

Ele pensou nisso por um momento.

— Nada mal.

Respirei fundo de novo.

— Eles iam cancelar o programa.

Seus lábios se separaram de surpresa.

— É. Eu não podia contar a ninguém. Por isso agi daquele jeito. Por isso fiquei tão desesperada. Mas de algum modo, por uma mistura doida de trabalho árduo, poucas inibições e uma grande dose de sorte, nós nos salvamos. — Eu ri. Ainda nem acreditava nisso. — Mas o caso é que no segundo em que eu soube que estava tudo bem, só queria contar a você.

E então ele sorriu.

— Porque acontece que... Antes eu não acreditava realmente em mim. Tinha medo do que você pensaria se descobrisse que eu era um fracasso. Que eu destruí o programa. Mas agora, agora que não destruí, agora que realmente tenho um futuro, o que realmente quero é saber que você tem orgulho de mim. Isso é loucura?

— Não — disse Adam. — É a única coisa que faz sentido. — De repente estávamos nos braços um do outro e eu sabia exatamente como ele tinha razão.

Comemoramos no Schiller's. Comemoramos com um jantar depois de coquetéis. E depois fomos para a casa de Adam para comemorar mais.

Enquanto íamos aos trambolhões para o quarto dele, tirando as roupas pelo caminho, fiquei maravilhada que nem uma vez naquela noite eu tivesse pensado em ver um noticiário. Talvez Mike estivesse certo e eu precisasse achar algum equilíbrio, antes que o perdesse completamente.

— Que horas são? — perguntei a Adam. — Meia-noite?

Ele riu.

— Acho que está mais perto das 9 horas.

— Nove! — exclamei. — Ai, meu Deus, está tarde!

Um segundo depois, meu BlackBerry se manifestou dentro do bolso do casaco. Afastei-me de Adam num salto e saí correndo do quarto, só de blusa. Agora, vejamos. Para onde voou meu blazer? Tateei pelo chão, procurando minhas roupas no escuro.

— De novo não! — gritou Adam do quarto.

— Só um minutinho! — gritei de volta. Ah, lá estava. Peguei o telefone, fui até a cozinha...

E o joguei na geladeira.

Na manhã seguinte, feliz com meu programa, feliz com meu homem, feliz com Mike, feliz com o mundo, desfilei pela minha sala, dando ordens e sentindo o amor no ar. Encontrei-me com Mike para informar de nossos planos para a semana seguinte.

— Então amanhã faremos as audiências na Suprema Corte no final do primeiro bloco.

— Ótimo — disse Mike, tomando nota.

— Ah — acrescentei. — Anthony Bourdain ligou. Quer fazer um segmento com você sobre...

— Bourdain? — disse Mike. — Eu o adoro. Mas sem fazer isso.

Franzi a testa. Hein? *Sem* fazer isso? Pode ser que eu não tenha ouvido direito.

— Mas dê um alô ao Tony por mim — acrescentou Mike. — Eu devo a ele uma garrafa de Patrón.

Fiquei boquiaberta para ele.

— Então está me dizendo que é *amigo* desse cara mas não quer aparecer no programa com ele?

— Isso mesmo, tiete. — Mike bateu a mão no bloco. — Ora essa. Fizemos uma boa matéria juntos e agora acha que sou sua escada? Desculpe. Acho que não.

Arfei de indignação enquanto ele se afastava de novo.

— Espere! — chamei. — Eu salvei sua vida, lembra? Ou foi tudo conversa fiada? Não pode fazer umas matérias para mim?

Ele não se virou; ele nem mesmo se virou, *merda*. Eu nem acreditei. Não achava que a semana passada significasse o mundo para nós, mas também não acreditava que não tinha significado nada. Deixei que ele tivesse sua matéria! Eu o elogiei por seu trabalho! Não queria uma escada, queria alguma droga de *respeito*. Eu era sua produtora executiva e ele agia como se me fizesse um favor sempre que falava para a câmera.

Balancei a cabeça.

— O que há de errado comigo? — perguntei a ninguém em particular. — O que estou fazendo aqui, para que estou batendo a cabeça na parede? Eu podia ir para o *Today*, onde não precisaria cutucar Matt Lauer com um bastão para conseguir que ele comesse um ou dois donuts.

Então, ele parou.

— O *Today*?

Sim, seu babaca pomposo! Você não é o único com algum talento neste programa.

— Eles me ofereceram um emprego...

— Mas é claro que ofereceram — murmurou ele.

Empinei o queixo.

— Mas eu disse...

— ... que ia aumentar os padrões? — sugeriu Mike.

— Eu disse *não*, sua mula paranoica. — Meu Deus, como é dramático. Não admira que terminasse *na frente* da câmera.

Mas Mike já começara sua arenga.

— Não sei por que confiei em você. Todo aquele entusiasmo terrível e a besteira sobre eu ser seu ídolo...

—Você me ouviu? — eu reclamei. — Eu disse *não*. Mas meu Deus, o que foi *que eu fiz*? Será que alguém pode me culpar? Tenha dó, Mike. Se você *um dia* tivesse feito *uma coisa* que eu pedisse, feito *um sanduíche que fosse*, qualquer coisa...

—Você não liga para esse trabalho! — gritou ele. — Só quer se agarrar a cada corrimão, galgar cada escada. O que basta para você, Becky Fuller? Diretora de jornalismo? Presidente da rede? *Papai Noel*?

Sabe o que teria bastado para mim? Um pouquinho de gratidão por eu ter colocado Mike numa mesa de noticiário. Um tico de espírito de equipe quando lhe pedi para conversar com Taylor Swift ou Tim Gunn. Uma pitada de respeito pela ideia de que os programas matinais, embora leves, oferecem algo de valor a seu público.

Adam podia me dar isso e ele produzia matérias jornalísticas sérias. Por que Mike não podia ter a mesma cortesia profissional? E sabe do que mais? Adam até me avisou sobre isso, em algum momento no meio de toda a comemoração na noite passada. Eu estava animada demais com a vida para acreditar nele. Falei a ele sobre o *Today* e disse que não ia sair da IBS, e ele disse que talvez eu não devesse ser tão precipitada.

Atribuí a reticência dele a seu ódio eterno por Mike Pomeroy. Mas, de novo, Adam tinha razão.

Chega dessa bobajada. Eu era melhor do que isso, e a NBC, pelo menos, reconhecia este fato.

— Quer saber de uma coisa *verdadeiramente* ridícula? Até dez segundos atrás eu tinha decidido dar as costas ao melhor emprego que já me ofereceram. Não é absurdo?

— É — Mike concordou. — Vá. O que a está impedindo? *Vá*.

Cerrei o queixo e os punhos. Como ele podia dizer tudo isso a mim, depois da casa do governador? Eu mal consegui formar uma frase coerente, de tão perturbada que fiquei.

— Se você um dia... um dia tivesse me tratado com alguma lealdade, confiança e amizade... coisas de que parece *incapaz*... eu teria saído apesar de você, e não *por sua causa*, seu babaca miserável, egoísta, solitário eególatra!

Parei, respirando com dificuldade. Nem acreditava na série de insultos que tinham saído de minha boca.

Nem Mike, ao que parecia, ao se virar e ir embora. Mas não fiquei sozinha. Não, agora todos me olhavam. Lenny, Colleen, Merv, Sasha, Tracy, Dave — toda a família do *Daybreak* tinha ouvido meu desabafo.

Bom, pelo menos dessa vez eles não pegaram nada numa câmera.

Uma das estagiárias veio em disparada pelo corredor.

— Ah, oi, Becky! — disse ela, e se inclinou para mim. — Tenho uma ligação. É do *Today*.

Perfeito. O *timing* também era perfeito.

21

Na manhã seguinte, às 8 em ponto, passei pela porta da frente do Rockefeller Plaza, número 30. NBC. Estava com meu terninho mais bonito, meus melhores sapatos de salto. Meu cabelo estava perfeito, a maquiagem discreta. Eu ia para minha entrevista do *Today*. Eles tiveram de me caçar na IBS.

E eu mal podia esperar. Foda-se Mike Pomeroy. Ele não sabia o que tinha perdido.

Reuni-me com dois executivos em sua sala de reuniões, um lindo espaço com mesas enceradas e um banco de monitores na parede mais distante. Era o paraíso de Becky Fuller. Cada monitor mostrava um programa matinal diferente. Meia dezena de apresentadores animados saudava o dia e seu público. Ali, no canto inferior direito, estava o *Daybreak*.

— Queremos que o programa tenha uma verdadeira energia jovem — disse um dos executivos.

—Você fez um trabalho incrível na revitalização do *Daybreak* — disse o outro.

— Obrigada — eu disse, arrancando os olhos do monitor do *Daybreak*. — Agradeço por isso. E é... é ótimo estar aqui.

Atrás da cabeça do segundo executivo, Mike e Colleen discutiam. Como sempre. Era incrível — era mesmo possível ver o dinamismo cada vez maior entre meus dois apresentadores enquanto eles se dilaceravam.

Perguntei-me o que estariam dizendo hoje. E tinha esperanças de que Colleen o estivesse tratando como devia. Pelo menos parecia estar, se aquela nuvem de tempestade na cara dele fosse de alguma indicação. Que bom! O babaca merecia isso. Desejei que eles tivessem muitos anos de batalhas de ótima audiência.

Na verdade, pode apagar isso. Eu tinha esperança de que a audiência do *Today* os esmagasse em pedacinhos. Talvez então Mike se desse conta de como fui valiosa para ele. Quer dizer, quem mais teria colocado no ar sua matéria sobre o governador? Que outro produtor confiaria nele o bastante para dar aquele telefonema? Sei que Adam não teria feito isso. Besteira demais, águas passadas demais. Eu era a única que ainda acreditava em Mike. Que pena que ele não acreditava em mim.

— Gostaríamos que se juntasse a nós assim que fosse possível — disse o primeiro executivo. Ah, é mesmo... A entrevista.

— Ah, ótimo! — eu disse, tentando me desligar da tela do *Daybreak* e me concentrar. — Humm... — Tudo bem, aquilo era esquisito. Mike tinha saído do set num rompante. — Desculpe — eu disse, distraída. — É só que... Em geral, esse segmento é com Colleen e Mike no mesmo quadro, mas... Mike não está ali.

Eles me olharam como tolos.

— Deixa pra lá! — eu disse, com o tom animado. — Devem ter mudado. Mas então, me desculpem. O que estavam dizendo mesmo?

— Queríamos lhe perguntar quais são seus planos para a cobertura de esportes — disse o segundo executivo, claramente surpreso com minha incapacidade de prestar atenção à oferta deles.

— É verdade — eu disse. — Cobertura esportiva. — Tá legal, estava acontecendo alguma coisa extraordinariamente esquisita no *Daybreak*. Alguém tinha arrumado uma câmera portátil e seguia Mike pelo corredor até a mesa do Serviço de Apoio. Tínhamos muito cuidado de não levar câmeras para os bastidores; não precisávamos que ninguém visse as condições em que trabalhávamos. Mas lá estavam eles, em nossos corredores apinhados, dando um zoom por nossas mesas dobráveis arranhadas enquanto Mike pegava um monte de comida. Mas que diabos...

O pessoal da NBC me olhava com desconfiança.

— Sim — eu disse. — Então, hummm, com relação à cobertura esportiva, acho que devemos atingir as mulheres através de seus filhos. Não é um grande passo deixar de ser uma mamãe que só leva o filho para o treino de futebol para ser uma torcedora de verdade... Ai meu Deus, o que eles estão fazendo?

Os executivos se viraram. Na tela, vi o set da cozinha do *Daybreak*. E diante do fogão, amarrando um avental... estava Mike Pomeroy.

Peguei o controle remoto na mesa.

— Desculpem — eu disse, aumentando o volume. — Espero que não se importem. Olha, Mike Pomeroy tem um colapso nervoso no set, isso é notícia, não é?

Mike quebrava alguns ovos numa tigela. "Embora tenhamos mudado um pouco as coisas hoje", dizia ele, começando a bater.

Encarei a tela, minha boca num O perfeito.

"Nos anos 1500", dizia ele, "os italianos inventaram uma refeição para o repasto da tarde. Algo que eles pudessem fazer usando os ingredientes que tivessem à mão."

— Puta merda — sussurrei. Eu não me importava que todos os executivos da NBC estivessem me encarando. Não ligava que provavelmente tivesse acabado de ferrar minha entrevista. Mike Pomeroy estava cozinhando. No ar.

"Venho preparando *frittatas* há uns vinte anos", dizia ele, acrescentando uns vegetais fatiados que devia ter roubado do prato de crus do Serviço de Apoio. "Desde então, aprendi a fazer em um fim de semana de nudez com uma estrela do cinema italiano que não vou nomear." Ele piscou para a tela. "De vez em quando, preparo em casa. Mas só para pessoas... só para as pessoas de quem realmente gosto."

Joguei-me de volta em minha cadeira.

"A chave para a *frittata*", dizia Mike à câmera, "é usar uma frigideira bem quente. Porque isso, meus amigos, é o que a deixa", ele parou teatralmente, "*fofa*".

Dei uma gargalhada. Os executivos se viraram para mim, pasmos.

— Desculpe — eu disse, ainda rindo. — É uma piada interna... Desculpe. — E muito melhor do que "flocosa". Isso teria feito a *frittata* parecer doente.

Meu BlackBerry começou a zumbir. Tirei-o do bolso. Era Adam.

— Está vendo isso? — perguntou ele quando atendi.

— Sim. — Assenti, assombrada. — Ele disse "fofa". No ar.

— Eu *sei*. — Adam parou. — O que vai fazer?

Olhei para os executivos. Para a linda mesa. Para a oportunidade que eu estava prestes a destruir.

— Ele não vai lhe pedir duas vezes — disse Adam.

Respirei fundo.

— Desculpe, gente — eu disse à NBC. — Preciso ir.

Comecei a correr no segundo em que saí do elevador. As ruas estavam cheias de trabalhadores e eu esbarrei na multidão, desviando-me de turistas lentos, disparando pelos sinais, costurando perigosamente pelos táxis. Corri pela Sexta Avenida, cortei por vielas e galerias secundárias, tirei os sapatos e disparei pelo Bryant Park — e ali, na praça da IBS, num telão, eu podia ver Mike. Ainda preparava seu café da manhã. Ainda explicava ao mundo exatamente como se devia virar uma *frittata*.

Corri pelo saguão e entrei no elevador. Disparei pelos corredores confusos dos escritórios do *Daybreak* e irrompi pela beira do set. Mike estava tirando sua *frittata* perfeita, completa e *fofa* do fogão.

"Agora precisa esfriar um pouco", dizia ele. É claro. Porque se comia *frittata* à temperatura ambiente. Eu me lembrei.

Todos estavam parados ali, olhando Mike com o tipo de pasmo que eu sentia. A boca de Colleen estava aberta. Lenny ficara branco. Até Adam estava ali, vendo os acontecimentos com um sorriso incrédulo.

Mike olhou de seu trabalho e me viu.

"Esta semana", disse ele, "vou mostrar como fazer *beignets* fantásticos. Ou, como a ralé prefere chamá-los" — ele sorriu para mim: seu verdadeiro sorriso — "'donuts'."

Atirei a cabeça para trás e ri.

Adam veio até mim.

— Sabe de uma coisa, ele ainda é a terceira...

— Ah — eu disse. — Sei disso.

Colleen se aproximou.

— E a NBC?

Balancei a cabeça.

— Que bom, porque foi ótimo finalmente ter uma produtora decente por aqui. — Ela examinou Mike com seu avental; ele parecia surpreendentemente em seu elemento, ali no set da cozinha. — Ah, e Baixinha! Eu quero um prato de frutas tropicais.

Na primeira manhã de Anna no *Daybreak*, dei-lhe de presente sua própria bolsa de brinde. Ela me abriu um sorriso envergonhado, depois pegou uma camiseta. A frente dizia: "BEM-VINDA AO *DAYBREAK*". As costas? "AH, PUUUUUUUT..."

— Adorei! — exclamou Anna. Ela me abraçou. Eu a mandei para Sasha e Tracy para que se acomodasse, depois avaliei meus domínios. Além das novas maçanetas, conseguimos instalar um novo sistema de som e reformamos nosso set. A coisa toda estava em polvorosa: Merv e Lenny repassavam algumas imagens, os produtores e gerentes de palco numa correria. Vi Colleen e Mike andando pelo corredor juntos — e Mike nada sutil ao colocar a mão no traseiro de Colleen.

É, ia ser uma confusão danada quando a coisa degenerasse. Eu só podia cruzar os dedos e esperar que as batalhas no ar fossem para melhor. Mas não queria me preocupar demais com isso agora. Eu o peguei antes que ele desaparecesse em seu camarim.

— Ei, Mike — eu disse. — Vamos dar uma caminhada rápida comigo antes do programa. Vamos — eu o chamei. — Bem rápida.

Na praça, peguei um exemplar do *New York Post* com um dos vendedores e abri na Page Six.

— Escute isso: "Sua gravidade influencia a tolice da TV matinal, formando uma combinação incongruente mas perfeita."

Mike revirou os olhos, mas continuei lendo. Ele podia não gostar da ideia de análises positivas de seu "desempenho", mas eu gostava, e os executivos da IBS também.

— "Por acaso" — continuei enquanto andávamos pela praça — "depois de 40 anos nos noticiários de TV, o verdadeiro Mike Pomeroy finalmente chegou." Nada mal, hein?

Ele assentiu, depois falou de novo.

— A propósito, vou fazer um exame de próstata na semana que vem. Pensei que podia levar uma equipe comigo e...

Bati palmas, animada.

— Que ótima ideia!

Mike balançou a cabeça.

— Meu Deus, eu estava *brincando*.

— Mas é sério — eu disse. — Seria um verdadeiro serviço de saúde pública. E existem umas camerazinhas agora que colocam no seu...

— *Não*.

— Aiii, vamos lá, Mike... — eu disse enquanto andávamos juntos, rumo ao pôr do sol.

Este livro foi composto na tipologia Bembo,
em corpo 11,5/15,2, e impresso em papel off-white 80g/m²
no Sistema Cameron da Divisão Gráfica
da Distribuidora Record.